대장간
에서 시작하는
이세계
슬로 라이프
8
글 타마마루
일러스트 킨타
번역 반기모

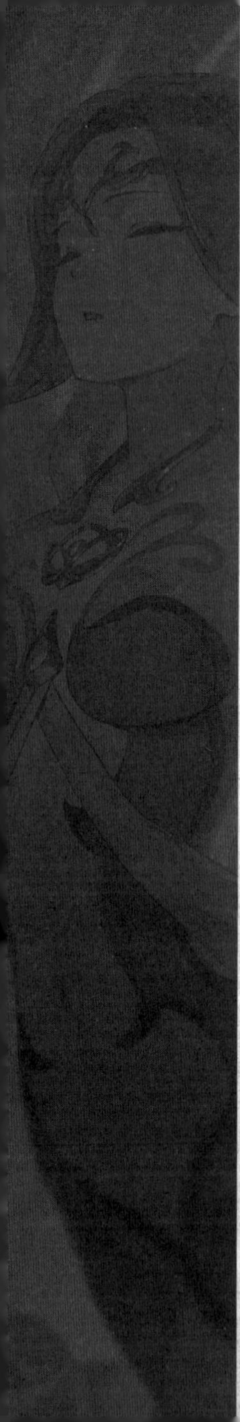

CONTENTS

프롤로그
대장장이의 친구

본인의 결혼식을 마친 지 며칠이 지난 어느 날, 마리우스는 의자에 몸을 기대고 크게 한숨을 쉬었다.

결혼식은 준비도 힘들었으나 뒷정리도 본식에 지지 않을 만큼 힘들었다.

곧바로 후작에게 인사를 드리러 가고, 그 후로도 불과 얼마 전까지 여러 사람에게 인사와 보고를 드리러 다녔다.

그리고 내일부터는 외교상의 거래를 위해 제국에 갈 예정이다.

표면적인 목적은 국경지대의 소규모 분쟁에 끝을 맺기 위해서지만 이건 이미 뒤에서 해결을 끝냈다.

그런데도 제국에 가는 건 어디까지나 서로의 국내 사정과 상황을 '지켜보는' 주변 제국에 어필하기 위해서다.

즉, 실제로 현지에서 할 일은 없다.

따라서 외교 행사에 데리고 갈 필요가 없는 아내를 동반하게 됐다. 명목상으로는 관광 유람이 아니긴 해도 실제로 신혼여행이나 다름없다.

"그건 그렇고."

마리우스는 중얼거리며 기지개를 켰다.

"좋은 『가족』이었어."

그는 결혼식 당일, 즐거워하는 대장장이 친구와 그 『가족』의 모습을 떠올렸다.

대장장이 친구 에이조와 만난 지 얼마 되지 않았을 땐 그가 『검은 숲』에 대장간을 차렸다는 말을 듣고 곧이곧대로 믿을 수 없었다. 그러나 지금은 그의 말을 조금도 의심하지 않았다.

마리우스의 가문— 즉, 에이무르 백작 가문의 작위 계승 문제를 해결할 열쇠이자 마물 토벌 원정대에서의 임무 완수에 가장 크게 공헌했고, 불가능하다고 해도 좋을 소재 가공에 성공했으며 요정의 가호까지 받아줬다.

만약 어떤 부분이 수상하다 해도 조금이라도 그를 의심하는 건 도리에 어긋나는 행동이다. 마리우스는 그렇게 생각했다.

처음 에이조를 만났을 때, 그의 곁에는 호랑이 수인 사먀가 있었다. 자세한 사정은 묻지 않았으나 에이조를 지키는 듯한 움직임을 보였으니 그를 신뢰할 만한 일이 있었을 거로 추측했다.

드워프에겐 실력 좋은 대장장이의 제자로 들어가는 풍습이 있다고 한다. 그래서 마리우스는 드워프 리케에게 에이조를 소개해줬다.

뭐, 드워프라고 해도 에이조만 한 실력에 도달하려면 상당한 시간이 필요할 거다. 마리우스는 본인의 손가락에 낀 북방 풍의 정밀한 문양이 새겨진 반지를 보며 생각했다.

그리고 마리우스의 여동생, 즉, 백작 영애인 디아나 역시 에이조의 가족과 사이좋게 지낸다는 건 바로 알 수 있었다.

디아나는 격식을 차려야 하는 자리에 익숙하지 않아서 헤매는 『가족』을 도와주며 다녔다. 가족 사이가 나쁘면 그러지 않을 거다.

그 이상으로 디아나가 즐거워 보였던 게 인상적이었다.

제국 제7 황녀이자 반쯤 인질의 신분으로 에이조의 집에 머무는 안네도 똑같이 즐거워 보였다.

원래 제국의 황녀가 참석한다면 혼례 축하 파티에서 보이기에는 무례한 행동이라는 비난을 받더라도 본인의 이익이 더 크기에 안네에게 접근하려는 사람이 백작 영애인 디아나보다 더 많았을 거다. 그러나 에이조 가족에겐 최강의 호위, 『신뢰(迅雷)』라는 별명으로 유명한 용병 헬렌이 있다.

예쁜 드레스를 입고 있어도 헬렌의 위압감은 말을 걸려던 귀족들이 몸을 움츠리게 만드는 데 충분했다.

용병단에 용병 일을 잠시 쉬겠다는 뜻을 전했다는 이야기는 마리우스도 들어서 알고 있었다. 영향력이 떨어지면 에이조 가족에게 있어서도 그리 좋지 않을 거라고 걱정하던 참이었는데, 마리우스는 자신의 걱정이 기우였다는 사실을 깨달았다.

엘프인 리디도 헬렌의 보호를 받았다. 사람들 앞에 모습을 드러내는 일이 거의 없는 엘프는 제국 황녀와 마찬가지로 접근하려는 사람도 적지 않다.

그러나 헬렌이 풍기는 위압감을 극복하면서까지 말을 걸려고 하는 용기 있는 사람은 후작 외에는 한 사람도 없었다.

그런 개성적인 사람들이 모인『가족』이 춤을 추고 돌아온 에이조를 보고 다들 환한 미소를 지었던 걸 마리우스는 똑똑히 기억하고 있다.

마치 태어날 때부터 함께였던 것처럼 자연스러웠다.

"그런 가족이 되면 좋겠군."

마리우스의 뇌리에 아직 결혼하지 않은 친구의 웃는 얼굴이 떠올랐다.

그 얼굴은 곧 아내의 웃는 얼굴로 바뀌고, 그리고 아직 태어나지 않은 자식과 손자에게 둘러싸인 마리우스와 아내의 상상으로 이어졌다.

1장
평소와 다름없는『검은 숲』

마리우스의 결혼식에 참석한 후 집으로 돌아온 우리는 다음 날부터 일상으로 돌아왔다.

조금 다른 점이 있다면 신단에 헬렌이 가지고 온 히히이로카네 옆에 마리우스의 결혼반지를 만들고 보수로 받은 아다만타이트도 함께 모셔뒀다는 점이다. 이건 집에 돌아오자마자 바로 여기에 놓아뒀다.

그래서 아침에 신단에 기도를 드릴 때 다시 아다만타이트를 보게 됐다.

"저건 언제 가공할 거야?"

두 번 머리를 숙이고 두 번 손뼉을 친 후 마지막으로 한 번 인사하고 기도를 마친 후 사마가 물었다.

"둘 중 어떤 거?"

"둘 다."

"그러게…."

나는 턱을 문지르며 생각에 잠겼다.

"일단 당분간은 못 건드리겠지."

그 말에 사먀가 아닌 리케가 어깨를 축 내렸다.

"적절한 가공법을 찾아야 하니까. 평소 쓰는 강철처럼 제련해도 어느 정도까진 가공할 수 있겠지만."

둘 다 메기스티움과 달리 부드럽지 않으니 성질은 금속에 가까울 거다. 그렇다면 평범하게 가공은 할 수 있겠… 지만 확증이 없다.

치트를 쓰면 한 번에 해결… 할 수 없다는 사실을 메기스티움 때 경험했다.

게다가 내겐 또 하나의 이유가 있다.

"그리고 부서지지 않는 마보석을 만드는 방법도 찾고 싶어."

요정들의 병을 치료하려면 마보석을 빠트릴 수 없다. 그러나 우리 공방에서 만들 수 있는 마보석은 안정적이지 않은지 시간이 지나면 부서져서 흔적도 없이 사라진다.

만약 부서지지 않는 마보석을 만들 수 있다면 요정들에게 약을 이미 제공해서 어떤 이유에서든 내가 없을 때도 병을 치료할 수 있다. 되도록 요정들도 더 편안하게 살길 바랐다. 그러려면 부서지지 않는 마보석을 만드는 방법을 먼저 찾아야 한다.

다만 문제는 마보석에는 보석으로서의 가치가 있다는 점이다. 게다가 가격도 저렴하지 않다. 말하자면 무(無)에서 보석을 만드는 기술이다.

방법을 발견하고 그게 다른 사람들도 할 수 있을 정도라고 해도, 그건 공방 밖으로 내보내면 안 되겠군. 그럼 100년 정도

후에는 유실되고 말겠지만, 그래도 어쩔 수 없다고 여길 만큼 위험하다.

그런 생각을 말하자 안네가 열심히 고개를 끄덕였다.

"너무너무 궁금하지만, 만약 제가 그 기술을 입수한 뒤 제국으로 돌아간다면 그후 평생 바깥 빛을 보지 못하게 되겠죠."

"그렇겠지."

무(無)에서 무한한 돈을 낳는 기계를 입수하면 누구든 소중하게 숨겨둘 거다.

어쩔 수 없는 이야기다. 나 역시 높은 사람의 입장이었다면 그렇게 할 거다. 역시 기술은 공방 밖으로 내보내선 안 된다.

애초에 이 세계에서 지금까지 마보석 생산에 성공한 사람이 없었을 리 없다.

즉, 이미 잃어버린 기술이 아닐까 추측했다.

이렇게 생겼다가 사라지는 기술로 가득하겠지. 이전 세계에선 어땠더라. 뒤늦게 궁금했다. 이제 이전 세계를 조사할 방법이 없지만.

"그러니 한동안 평소처럼 일하자."

내 말에 리케를 포함한 모두가 알겠다고 대답했다. 이러니저러니 해도 평소의 느긋한(이라고 해도 확실히 일을 마무리하지만) 작업도 싫지 않을 거다. 나는 느긋하게 용광로와 화로에 마법으로 불을 넣었다.

내가 마법으로 하는 일은 어디까지나 불을 지피는 것과 바람을 보내는 것뿐이다. 불을 지피면 한동안 온도가 올라가지 않는다. 화로는 리케가, 용광로는 사마가 확인하고 각자 적당히 숯을 넣었다. 『스승님』이 할 일은 듬직하게 뒤에서 지켜보는 건가.

특별 주문 모델을 만들 땐 내가 화로의 온도를 조정하지만, 오늘은 아까 말한 대로 평소처럼 작업을 할 예정이라 뒤에서 상황을 지켜봐도 문제없다.

아니, 사실은 아무것도 하지 않으면 내가 더 불안하지만. 두 사람이 『이것도 공부야.』라고 주장해서 어쩔 수 없이 물러났다.

점점 온도가 올라가는 불꽃을 보며 나는 손을 쥐었다 펴며 예전에 밭일을 도울 때 가족 중 마력과 마법 전문가인 리디에게 들었던 말을 떠올렸다.

"내가 쓸 수 있는 마법은 굉장히 단순한 것뿐인데, 이걸 연습하면 다른 용도로도 쓸 수 있을까?"

"글쎄요…."

리디는 입가에 손가락을 대고 생각에 잠겼다.

"마력을 다루는 방법은 누구든 연습하면 어느 정도는 가능하지만, 마법은 적합성이라는 게 있어서요."

"호오."

"예를 들어 큰 병을 치료하는 마법을 쓸 수 있는 사람은 불꽃을 조종하는 마법에 적성이 없어요."

"한 분야에 특화하면 다른 분야에 적합하지 않다는 뜻인가?"

“그렇다고들 하죠. 전 그렇게까지 대단한 마법은 쓸 수 없지만, 어느 정도는 뭐든 쓸 수 있어요. 다만, 그래도 불과 바람은 다루기 힘들어요. 쓰지 못하는 건 아니지만요.”

“마침 내가 쓸 수 있는 것들이네.”

“네. 그래서 가르쳐드리긴 힘들 것 같아요.”

리디는 그렇게 말하며 고개를 숙였다. 나는 가볍게 리디의 어깨를 두드렸다.

“지금 쓸 수 있는 것만으로도 충분하니까 마음에 담아두지마. 관심이 좀 있었을 뿐이야.”

“제가 가르쳐드릴 수 있을 만한 게 생각나면 바로 가르쳐드릴게요!”

나는 주먹을 꽉 쥐는 리디와 얼굴을 마주 보고 웃었다.

“좋— 아, 그럼 오늘 일을 시작해볼까.”

나는 가족들과 시끌벅적하게 대화를 나누며 오늘의 작업에 들어갔다.

◇ ◇ ◇

그 후 2주가 지났다. 최근 희귀한 소재로 반지를 만들거나 요정의 병을 고치는 등 변칙적인 일이 이어진 탓에 그다지 특별한 일은 하지 않았다. 오늘은『일상』으로 돌아가기 위한 재활 훈련을 하는 날이다.

납품할 때 카밀로에게 물어봤으나 『아무 일도 없다』라는 식으로 대답했다. 마리우스와 줄리 씨도 화목하게 신혼 생활을 보내고 있다. 이 세계에는 아직 신혼여행의 개념이 없다고 할까, 관광을 목적으로 한 이동은 거의 하지 않는다.

여행자란 즉, 어디에서든 『외부인』이니까…. 행상인과 탐색자들도 그들 나름대로 고생할 게 틀림없다. 무슨 일이 일어나면 가장 먼저 의심받는 사람들이다.

뭐, 그 신혼부부는 반지에 요정의 가호가 있으니 웬만한 일은 일어나지 않겠지. 그런 점을 걱정하지 않아도 된다는 건 정말 감사한 일이다.

이러저러해서 평소와 같은 2주를 보낸 나는 무언가를 깨달았다.

"최근 좀 더워지지 않았어?"

"아—."

다 같이 테라스에서 점심을 먹을 때 그런 말을 꺼내자 사마가 하늘을 올려다봤다. 전부터 날씨가 더워졌다고 생각했는데, 확실히 식사 시간이나 휴식 시간에 대장간 밖으로 나와도 그다지 시원한 느낌이 안 든다….

가만히 있으면 땀이 줄줄 흐를 정도는 아니더라도 기온이 더 올라간 건 확실했다.

"이제 여름이구나…."

햇살이 거의 들어오지 않는『검은 숲』중에서 호수를 제외하면 우리 집 주변이 유일하게 탁 트인 장소다. 빠질 듯이 푸른 하늘에는 찬란하게 빛나는 태양이 햇살을 지면에 쏟았다.

"벌써 여름이 됐구나."

내가 이 세계에 온 건 아마도 초봄이었다. 그 후 우기가 지나 여름. 아직 1년도 지나지 않았으나 나름대로 긴 시간이 지났다 그동안 너무나 많은 사건이 일어나서 시간이 더 오래 지난 줄 착각했다.

"앞으로 더 더워지겠지?"

"아마도. 아직 초여름이니까."

대장간 안만큼은 아니더라도(대장간만큼 더우면 주위는 사막이 될 거다) 지금보다 더 더워지는구나. 그럼 언젠가 뭘 하든 땀을 흘리게 될 텐데.

"우물을 팔까…."

땀을 흘린다는 건 즉, 체내의 수분을 잃는다는 뜻이다. 게다가 지금처럼 젖은 천으로 몸을 닦기만 해선 부족하지 않을까. 주로 내가. 그렇다면 등목을 하고 싶어질 거다. 쿠루루도 루시도 마찬가지다.

등목하려면 지금 길어오는 물의 양으로는 부족하다는 게 대장간의 불을 보듯 뻔하다. 수분을 보충하기 위한 식수와 밭에 줄 물도 필요하고.

부족해지면 호수에 길으러 가도 되지만, 거의 매일 물을 두 번 길는 건 좀…. 산책을 겸해서 물 자체는 매일 길어오더라도 언젠가 만들 목욕탕 계획을 위해서도 지금 물을 쉽게 확보할 수단을 확보하고 싶었다.

"어떨까?"

나는 가족들에게 우물 파기를 제안했다. 다행히 얼마 전에 납품을 끝내서 시간은 있다. 이제 가족에게 우물이 필요할지가 문제다.

"난 우물이 있으면 좋을 것 같아. 나랑 헬렌은 어쨌든 다른 사람들은 호수에 다녀오기 위험하잖아."

사먀가 동의했다.

"그러게…. 우물이 없다고 해서 당장 곤란하진 않아도 있으면 굉장히 편리하겠지."

"저도 우물을 파는 게 좋을 것 같아요. 앞으로 물을 많이 줘야 하는 식물을 심을지도 모르니까요."

디아나가 팔짱을 끼고 생각에 잠겼다. 리케와 안네도 비슷한 반응을 했다. 소극적 찬성이라고 해야 할까. 리디는 밭일을 생각해서 적극적으로 찬성했다.

자유롭게 쓸 수 있는 물이 많으면 심을 수 있는 식물의 종류도 늘어난다. 물론 낭비할 순 없으니 고추냉이 같은 식물까진 못 기르겠지만.

헬렌은 그다지 관심이 없어 보였다. 사먀가 말한 대로 그녀는 스스로 호수에 물을 길으러 갈 수 있으니 우물을 파든 말든 상관없다.

“문제는 집 주위에 물이 솟는지 알 수 없다는 점이야.”

“그러게.”

내 말에 디아나가 팔짱을 낀 채 고개를 끄덕였다. 땅을 여기저기 팠는데도 결국 물이 나오지 않으면 애쓴 보람 없이 헛수고만 하게 된다. 호수 상태를 보아 복류수나 대수층이 있을 것 같은데, 여기까지 흐르지 않을 가능성도 있다.

디아나가 적극적으로 찬성하지 않는 이유이기도 하다. 그때 나는 뭔가를 떠올렸다.

“아, 요정들에게 이 부근에 물이 흐르는지 물어볼 걸 그랬어.”

요정들이라면 물이 어디까지 오는지 어느 정도 알 수 있을지도 모른다. 혹은 감지할 수 있다거나. 전에 집에 왔을 때 물어볼걸.

“요정들에게 연락할 방법이 없으니 일단 땅을 파보는 게 어떨까요?”

리케가 말했다.

“그러게. 물이 나오지 않으면 그때 생각해보자.”

디아나가 동의했다.

이리하여 에이조 공방의 우물 파기가 결정됐다.

이 숲에서 우물을 파려면 크게 두 종류의 방법이 있다.

우선 노천굴착. 거칠게 말하자면 단순히 삽으로 땅을 파는 방식이다. 공기 순환을 생각해서 넓은 범위를 파고 물이 나왔을 때 나무판과 돌로 물이 고이는 부분을 둘러싼 후 주위의 땅을 다시 굳히는 과정을 거친다.

준비할 도구가 적고 땅을 넓게 파기 때문에 지하수층을 찾기 쉽다는 장점이 있으나 여러 부분에 손실이 크고 붕괴 위험도 있다. 땅을 파는 장소를 무한히 넓힐 수도 없고.

다음으로 충격식 보링이라는 방법을 사용해서 우물을 파는 방식이 있다. 추를 매단 구조물과 전용 도구를 사용하여 땅을 파는 방법이다. 이 방법을 사용하려면 만드는 자체는 쉽다고 하더라도 구조물과 전용 도구를 만들어야 한다. 그 대신 노천 파기보다 훨씬 빠르고 안전하다.

덧붙여 말하자면 우물을 판 후에도 두레박으로 길어 올리는 방식을 써서 줄이 달린 두레박을 만들 건지, 혹은 수동 펌프를 만들 건지 고민해야 한다.

다만 윗물 파기와 수동 펌프는 이 세계에 존재하지 않는 기술이고, 물을 확보하는 건 재배와 주거에 큰 영향을 미친다.

즉, 영지 운영에도 영향을 미친다는 뜻이다. 적당한 수자원이 없는, 사람이 살기에는 적절하지 않은 넓기만 한 불모지인 줄 알았던 땅이 불투수층보다 아래에 풍부한 물이 있고 풍부한 생산력을 자랑하게 될지도 모른다.

그리고 풍족한 토지는 국력으로 이어진다. 아무리 우리 집이 있는 장소뿐이라고 해도 아무런 고려 없이 설치하면 곤란하지 않을까….

이런저런 사정으로 우물을 파자고 이야기를 꺼낸 날 저녁 식사 후, 나는 노천굴착으로 우물을 파고 두레박을 설치하는 방법을 제안했다. 가족들은 딱히 이견을 말하지 않았다.

주위 땅이 무너질까 봐 걱정됐으나 이 부근의 흙은 단단하니까 그리 쉽게 무너지진 않을 거라고 마음을 바꿨다.

"언제부터 시작할 거야?"

"그러게."

사먀의 질문에 나는 팔짱을 끼고 천장을 바라봤다. 마법 등불 불빛에 어둠이 어느 정도 옅어졌으나 사고를 집중하기에는 적당히 어두웠다.

"빠를수록 좋으니 내일부터 시작하고 싶긴 한데."

"난 상관없어."

사먀가 별일 아니라는 듯 말했다. 시선을 내리자 다들 딱히 이의가 없어 보였다. 그러나 납품 일정은 제대로 맞춰야만 한다.

저축이라고 할까, 쓰지 않은 돈이 산더미처럼 남아있으니 한동안은 일하지 않아도 먹고살 걱정은 없다. 그러나 카밀로와의 관계는 앞으로 몇십 년 동안 이어질지도 모른다. 거의 자급자족을 하는 슬로 라이프에 들어가면 그에게 신세를 지는 빈도가 줄어들어도 그때까지는 신뢰를 쌓아야만 한다.

"카밀로에게 납품할 만한 수량은 채웠어?"

"전에 좀 많이 만들어둬서 이번에는 충분할 거예요."

리케가 곧바로 대답했다. 다른 작업을 해도 일주일 납품 일정을 지켜왔으니 다른 작업이 없으면 여분이 남는 게 당연한가.

"그럼 납품 일정에는 문제가 없겠네. 고기 비축량은… 물어볼 필요도 없나."

이번에는 사마가 고개를 끄덕였다. 많이 먹는 사람(최근 늘었다) 덕분에 말리거나 소금에 절여도 다 먹지 못한 고기를 버리는 사태는 일어나지 않았다. 저장해둔 양도 비슷비슷하거나 조금 늘었다고 했다.

모든 걸 집으로 옮기고 농성하면 식량 관점에선 3개월 정도는 버틸 수 있지 않을까. 게다가 딱히 먹는 양을 제한하지 않고. 집 안에서 물을 확보할 수단이 없으니 실제로는 농성할 수 없겠지만. 애초에 이 집은 농성할 만한 구조가 아니다.

"그럼 내일부터 우물 파기 작업을 시작해보자. 제일 먼저 우물을 팔 장소를 정해야겠네."

머릿속으로 대충 작업을 분배했다. 왠지 이전 세계에서 했던 일이랑 비슷한걸. 이쪽 세계에선 일과 취미와 생활이 뒤섞인 만큼 마음이 편하지만.

게다가 이 세계에서 하는 일에는 기한이 없다. 아아, 마감 기한이 없다니 이 얼마나 멋진 일인가. 그만큼 질질 끌지 않도록 조심하자.

그 후 몇 가지 일상생활에 관한 이야기를 나눈 나는 다른 가족들보다 먼저 내 방으로 돌아갔다.

◇ ◇ ◇

다음 날. 아침 일과를 마치고 다 같이 밖으로 나갔다. 우선 땅을 팔 장소를 정해야 한다.

수맥이 없으면 어쩔 수 없지만, 어느 정도 여기에 우물이 있으면 좋겠다 싶은 장소는 정해두고 싶었다.

"수맥을 찾는 마법은 없겠지?"

나는 리디에게 물어봤다. 리디가 당황한 표정을 지었다. 이건 없다는 뜻이군. 그렇게 생각하고 있는데.

"있긴 있어요."

그런 대답이 돌아왔다. 어, 있구나.

"엄밀히 말하자면『물이 있는 방향을 알 수 있는 마법』이에요. 사이에 벽 같은 장해물이 있으면 탐지하기 힘들어서 지면 아래에 있는 물은 찾기 힘들 거예요."

"그렇구나."

초음파 탐지 같은 건가. 뭐, 마법에 원리를 고민해봤자 소용없지. 10m 전후의 깊이에서 길어 올릴 수 있을 정도에 물이 있는지 없는지 판단하는 건 이전 세계에서도 굉장히 어렵다는 말을 들었던 기억이 있다. 마법으로 물이 있는 방향을 알 수 있는 것만으로도 대단하다.

"그래도 마법을 잘 쓰는 사람은 정확한 위치를 파악할 수 있는데, 제 경우에는 그렇게까지 잘 쓰진 못해서….”

“아니, 지금 실력도 충분해. 적어도 이 일대의 땅을 파보는 게 무의미한지 어떤지 알 수 있는 것만으로도 작업이 편해지거든.”

내 말에 리케가 고개를 끄덕였다. 리케의 공방은 산에 가깝고 강에선 멀어서 우물을 파는 데 고생했다는 이야기가 남아있다고 했다.

이리하여 리디가 마법을 써보기로 했다. 내가 쓸 수 있는 간단한 마법 외에 다른 마법을 보는 건 홉 고블린 토벌 이후 처음이다.

리디는 바닥에 쭈그려 앉아 조용히 눈을 감고 신경을 집중하며 손바닥을 지면에 향했다. 산들산들 불어오는 바람의 상쾌함이 줄어들었다. 이제 정말 여름이군.

“오오….”

헬렌이 환성을 질렀다. 리디의 손이 희미하게 빛났다. 그 빛이 손바닥보다 큰 범위의 지면을 살짝 비추는 것처럼 보였다. 손바닥과 지면 사이에 어렴풋한 빛이 새어 나오는 것처럼 보였다.

리디가 눈을 뜨고 쭈그려 앉은 자세 그대로 결과를 설명했다.

“제가 느낀 바로는 이 부근은 어딜 파도 물이 나올 것 같아요.”

“어, 진짜?”

“네.”

리디가 고개를 끄덕였다. 눈동자가 확신에 가득 찼다. 마법을 쓰기 전 살짝 자신 없어 하던 분위기는 조금도 남지 않았다.

"이 빛은 물이 있는 쪽으로 향해요. 조금 떨어졌지만 호수가 있으니 그쪽으로도 가고 있는데, 만약 이 일대에 물이 없었다면 지면에 가진 않았을 거예요."

"빛의 강도가 물의 양이라고 할까, 마법으로 알 수 있는 범위라는 거구나."

"맞아요. 이 마법을 잘 쓰는 사람은 물이 있는 곳에 강한 빛이 향해요. 전 아직 서툴러서 빛이 약하지만요…."

"그래도 확산했다는 건 지하수가 집중된 장소가 있는 게 아니라 이 일대에 분포했다는 뜻이겠지?"

"아마 그럴 거예요."

즉, 우리 집(과 공방)은 불압 지하수를 머금은 지층 위에 있다는 뜻이다. 암반보다 아래의 피압 대수층의 물까진 탐지하지 못하는 것 같고.

이전 세계의 공장처럼 대량으로 물을 퍼 올릴 수는 없으니 지반 침하를 걱정할 필요는 없을 거고, 평지라 땅 밀림 걱정도 할 필요 없겠지만 좀 무섭긴 한데.

어디를 파도 물이 나온다면 이제 우물이 있으면 편리할 만한 장소의 땅을 파고 우물을 만들면 된다.

이것도 워치도그의 배려일까. 그렇다면 처음부터 우물을 만들어주면 좋았을 텐데.

아니, 우물까지 바라는 건 사치였겠지. 최소한의 필요한 물건은 전부 준비해줬으니 그걸로 만족하자.

우물을 만들 장소는 의견이 갈렸다. 다들 각자 다른 주장을 했다.

"밭에서 물을 가장 많이 쓸 거예요."

"쿠루루와 루시의 오두막 근처에 있어야 씻거나 물을 주기 편하잖아."

"대문 근처에 있으면 사냥감을 해체할 때 씻을 수 있어서 편해."

"저수조 옆에 있으면 물을 편하게 모을 수 있어서 좋지 않을까요."

각자 원하는 위치가 아주 멀리 떨어진 건 아니라 어디에 둬도 큰 차이는 없겠지만, 그래도 사용 빈도를 고려하면 본인이 작업할 때 조금이라도 편리한 위치에 있는 게 좋을 거다.

잠시 대화를 나누고 절충안으로 테라스 바로 옆에 우물을 파기로 했다. 테라스 옆은 모두가 희망하는 장소에서 비슷하게 가깝고, 안채와 대장간에 물을 옮길 때 테라스를 통해 옮길 수 있어서 편리하다.

"좋아— 그럼 시작할까?"

작업은 나와 헬렌, 안네가 땅을 파고, 파낸 흙을 다른 가족들이 옮기면 때때로 리디가 아래에 물이 있는지 확인하는 방식으로 진행하기로 했다.

나는 방을 증축할 때 썼던 삽을 들었다. 이미 삽을 든 헬렌과 안네가 나를 지켜봤다. 왜 지켜보기만 하는 걸까 생각하고 있는데 헬렌이 내게 말했다.

"첫 삽은 에이조가 떠."

기공식 같은 건가. 이런 건 마음이 중요하니까.

"그럼 감사히 먼저 할게."

나는 헛기침을 한 후 물이 나오길 기도하며 삽을 바닥에 꽂았다.

단단한 흙에 강철이 푹 파고드는 감촉이 자루를 통해 손에 닿았다. 이게 첫 작업이다.

물이 나오면 바로 작업을 그만둘 수 있으나 깊으면 10m 정도는 파야 한다. 아직 갈 길이 멀다.

내가 첫 삽을 뜨길 기다렸는지 흙을 옆에 치우자마자 루시가 뛰어와 땅을 파기 시작했다. 지면이 단단한 탓에 많이 파진 못했으나 어린애가 도와주는 건 마음만으로도 기뻤다.

"우리랑 가까이 있으면 위험하니까 좀 떨어진 곳을 파줘."

"왕!!"

내 말에 소리 내어 짖은 루시가 시키는 대로 조금 떨어진 곳을 팠다. 쿠루루는 루시가 판 흙을 솜씨 좋게 다리로 모아 옆으로 치웠다. 어엿한 언니가 다 됐구나.

그 모습을 보며 가족 모두가 따스한 기분이 들었다. 나름대로 서둘렀으나 지금 당장 하지 않으면 곤란한 일은 아니다. 하물며 돈을 받고 하는 일도 아니다. 미래를 생각하고 피곤해하는 것보단 이렇게 따스한 기분으로 작업하는 게 더 좋다.

"좋아— 그럼 이 부근을 넓게 파자. 나온 흙은… 저 주변에 모아두자. 나중에 어느 정도는 다시 구멍을 메울 거니까 가까운 곳에 두는 게 좋겠어."

인원수가 부족하거나 작업에 쓸 수 있는 장소가 좁으면 붕괴의 위험도 고려해서 가능한 한 좁은 범위를 파는 게 좋다. 그러나 이번에는 인원수도 충분하고 작업에 쓸 수 있는 장소도 나름대로 확보할 수 있으니 넓게 팔 예정이다.

만에 하나를 생각해서 구멍을 파는 부분은 한쪽으로 경사가 지도록 계획했다. 그러면 붕괴했을 때 안전 여유를 확보하면서 환기 문제도 해결할 수 있을… 거다. 좁은 범위에서 구멍을 팔 땐 환기가 문제다. 상상보다 얕게 팠을 때도 환기가 되지 않아 질식한다. 이러면 환기를 할 수 있을 거라고 계획했으나 작업 중에 힘들면 바로 리디가 『송풍』 마법을 쓰기로 했다.

그렇다. 리디도 『착화』와 『송풍』 마법을 쓸 수 있다. 평소 내가 쓰는 건 단지 내가 『스승님』이기 때문이다. 별다른 제한이 있는 건 아니다.

파낸 흙 운반도 수레에 밧줄을 묶어 끌어올리는 방법을 떠올려봤으나 구멍을 넓게 파면 사람이 직접 드나들 수 있으니 이쪽이 덜 번거롭다.

작업 내용이 정해지자 이제 진행하는 것만 남았다. 도중에 돌발적인 문제가 생기겠지만, 그때 해결 방법을 고민하면 된다. 나는 다시 삽 끝을 바닥에 꽂아 넣었다.

땅을 파기 시작한 지 얼마 후. 흙은 단단하지만 『특별 주문 모델』 삽 덕분에 생각보다 작업이 빠르게 진행됐다. 지금은 논을 만들기에는 아직 얕아도 꽤 많은 양의 물을 채울 수 있을 정도다.

나와 헬렌, 안네를 제외한 다른 가족들이 모은 흙도 양이 상당했다. 작은 언덕만큼 모였다. 열심히 땅을 하던 루시는 결국 질렸는지 지금은 쿠루루와 함께 주위를 뛰어다니며 놀았다.

가족들이 보이는 곳에 있어서 더 기쁘겠지. 대장간을 쿠루루도 들어올 수 있을 만큼 넓히고 마음대로 드나들 수 있게 할까? 아니, 대장간에는 불이 있으니까 안 되려나.

하늘을 보니 태양이 중천에 떠 있었다. 벌써 시간이 이렇게 됐군.

"슬슬 점심을 먹자. 준비할 테니 다들 손을 씻고 와."

삽을 바닥에 꽂으며 말하자 다들 소리를 모아 대답했다. 오늘은 날씨가 좋고, 쿠루루와 루시도 기분이 좋으니 테라스에서 먹기로 했다.

낮에도 작업을 해야 하니 수프 건더기를 좀 더 넣는 게 좋을까. 그런 생각을 하며 흐르는 땀을 닦은 나는 집으로 돌아갔다.

점심 식사를 끝낸 테라스에 종소리가 울려 퍼졌다.

"안녕하세요."

목소리의 주인은 마치 인형 같았다. 이 숲에 사는 요정의 수장, 지젤 씨다.

"안녕하세요."

내가 인사하자 지젤 씨가 생긋 미소 지었다. 그러고 보니 요정들에게 우물을 만들어도 되는지 못 물어봤구나.

"용건이 있어서 찾아오셨나요? 아, 혹시 우물을 파면 안 되나요?"

우물을 만드는 게 이 숲의 법도에 어긋난다면 다시 메우는 수밖에 없다고 생각하며 물었다.

"아뇨, 우물은 괜찮아요. 그게 아니라 부탁이 있어서 찾아왔어요."

"부탁이요?"

"네."

지젤 씨는 힘차게 고개를 끄덕인 후 잠시 망설였다. 부탁하기 힘든 일일까. 요정족의 수장이 직접 찾아왔는데도 힘든 부탁이라면 어지간한 일이 아닐 거다. 내가 할 수 있는 선에선 도와주고 싶지만 무리일 경우에는 불가능하다고 거절하는 수밖에 없다.

"실은 당신과 꼭 만나고 싶다고 하시는 분이 계시거든요."

"그렇군요. 사람과 만나는 것뿐이라면 괜찮은데…."

"아뇨, 사람이 아니에요."

"사람이 아니라고요?"

나는 무심코 한쪽 눈썹을 올렸다. 말투를 보아 인간족— 수인족조차 아닌 것 같았다.

지젤 씨는 마음을 가라앉히듯 심호흡을 한 후 말했다.

"네. 숲의 주인께서 에이조 씨를 만나고 싶다고 하셨어요."

"숲의 주인… 이라고요?"

"네."

지젤 씨가 고개를 끄덕였다. 이 숲의 관리자라고 해도 과언이 아닌 요정족의 수장을 심부름꾼으로 보냈다면 지위가 높은 존재일 거라고 어렴풋이 예상은 했으나 이 『검은 숲』을 다스리는 존재가 직접 만나고 싶다는 말을 꺼낼 줄은 몰랐다.

"자세한 내용은 저도 잘 모르지만, 너무 걱정하지 않으셔도 괜찮을 거예요. 숲의 규칙에 어긋나는 일을 하셨다면 더 일찍 처분을 내리셨을 테니까요."

"그건 그렇지만…."

지젤 씨의 말처럼 이 숲을 다스리는 존재라면 우리 집이 『나타난』 것도 알고 있을 거고, 그 후 증축하거나 방을 늘린 것도 감지했을 거다.

그 과정에서 문제가 있었다면 제약을 걸었을 거다. 그러지 않았다는 건 대체로 용서받을 범위였다는 얘기일 테니, 낙관적으로 비난받을 정도는 아닐 거다.

그렇다고 해도. 『최근에 알게 됐다. 이 숲에서 나가라.』라거나 『우물 이상으로 무언가를 만들면 용서하지 않겠다.』라는 말을 할 가능성도 있다. 후자는 차치하더라도 전자는 굉장히 곤란하다.

일단 이야기를 들어본 후 생각해봐야겠지. 나는 지젤 씨에게 물었다.

"일단 무슨 말씀이신지 알겠습니다. 지금 당장 찾아뵈어야 하는 건 아니죠?"

지젤 씨는 고개를 끄덕였다.

"네. 그런데 구체적인 날짜는 저도 잘 모르겠어요…."

"네?"

"언젠가 숲의 주인께서 직접 연락하실 거예요. 그게 언제일지는 확약할 수 없는 분이라… 죄송합니다…."

지젤 씨가 한숨을 쉬었다. 중간관리자의 비애군. 나도 경험해본 적 있다.

"아뇨, 지젤 씨 잘못이 아니잖아요. 일이 바빠서 도저히 손을 놓을 수 없는 때가 아니면 괜찮아요. 다들 괜찮지?"

가족들이 살짝 당황하며 고개를 끄덕였다. 그 모습을 보고 지젤 씨가 이번에는 안도의 한숨을 쉬었다.

"그럼 나중에 다시 찾아오겠습니다."

꾸벅 고개를 숙인 지젤 씨는 둥실둥실 날아갔다.

"깜짝 놀랐네."

숲속으로 날아간 지젤 씨를 배웅한 후 말했다.

"결국 어떻게 하기로 했어?"

사먀가 한쪽 눈썹을 올리며 말했다. 나는 고개를 저었다.

"언젠가 『검은 숲』의 주인과 대화하게 될 거란 점 외에는 아무것도 모르겠어."

사먀는 나를 따라 고개를 절레절레 저었다.

"신경 써봤자 어쩔 수 없지. 우린 우물에 집중하자. 지젤 씨 말로는 우물을 파도 괜찮대."

내 말에 각자 알겠다고 대답했다. 우리는 다시 우물 파기를 계속했다.

작업을 시작하고 깨달았다. 이곳은 탁 트인 곳이라 햇살이 직접 비쳐 들어오는 만큼 다른 장소보다 기온이 높다.

그래도 다른 장소와의 기온 차 때문인지 공기의 대류가 생겨서 바람이 불어 다행이었다.

루시는 『일』을 떠올렸는지 다시 땅을 파기 시작했다. 쿠루루도 흙을 옆으로 치우는 작업을 도왔다. 우리도 그에 지지 않도록 땅을 팠다.

저녁 무렵 전. 특별 주문 모델 삽으로 푹푹 땅을 파서 나름대로 깊은 구덩이가 완성됐다. 논을 만들 수 있는 깊이는 이미 뛰어넘었다. 내 어깨보다 조금 아래까지 땅이 파였다. 속도가 굉장히 빠르다.

이제 직접 밖으로 흙을 퍼내긴 힘들겠군. 경사면에 흙을 두고 운반하는 식으로 하자. 이 작업은 쿠루루가 간이 수레를 사용해서 옮기기로 했다.

쿠루루가 직접 수레 끈을 입에 물고 왔으니 본인도 의욕이 있다고 판단했다.

우리가 흙을 수레에 싣자 쿠루루는『쿠루루루루.』소리 내어 울며 옮기고 작은 언덕 근처에서 멈췄다.

그 흙을 리케가 괭이로 내리면 쿠루루가 나머지 흙을 가지러 돌아왔다. 부지런하다니까.

집 근처의 흙은 꽤 단단해서 가장자리를 가볍게 두드려도 와르르 무너지지 않았다. 그래도 조심하는 게 가장 좋지만.

“나무판을 세울까….”

“나무판?”

같이 작업하던 안네의 질문에 고개를 끄덕였다.

“경사면은 괜찮은데 우물 벽이 될 부분은 흙이 무너지지 않게 대비해야겠어. 구멍을 깊이 팠을 때 단숨에 무너지면 도망칠 시간도 없고.”

경사면은 출입구로도 쓰기 때문에 밟아서 단단해졌고, 각도가 급격하지 않도록 순차적으로 넓히고 있으니 괜찮다.

반대로 우물 벽면은 단숨에 무너지면 위험하다. 충분히 거리를 둬도 테라스 방향으로 무너지면 휩쓸릴 것 같았다. 적어도 테라스 쪽으로는 흙막이를 세워두자.

한 면의 최대 길이는 이미 정했으니 그 크기에 맞춰 판을 잘랐다. 이후 땅을 파면 수량이 몇 장 더 필요할 것 같아서 사마와 리케에게 판을 잘라두라고 부탁했다.

점점 좁아지는 부분은 그때그때 잘라서 조정하다가 남은 나무판을 불쏘시개로 활용하면 낭비도 거의 없다.

자른 나무판을 한 장 바닥 근처 벽면에 대고 붙이듯이 놓아뒀다. 물론 판이 쓰러지면 의미가 없으니 긴 말뚝을 박았다. 말뚝이라고 하면 듣기에는 좋지만 주변에서 적당히 가는 나무를 베어 만들었다.

말뚝을 적당한 간격으로 꽂고 판을 고정한 후 그 위에 판을 쌓아 올려 벽을 만들었다. 이제 붕괴를 막을 수 있을 거다.

구멍이 깊어지면 그만큼 계속 이어 붙여야 하지만.

이제 한차례 작업 순서가 정해졌다. 앞으로는 순서에 따라 구멍을 계속 파면 된다. 오늘은 이미 날이 저물었으니 내일 이어서 작업하기로 했다.

◇ ◇ ◇

다음 날. 오늘도 날이 맑아 빠질 듯이 푸른 하늘이 보였다.

어제는 작업 후 몸을 닦았더니 흙이 굉장히 많이 묻어나왔다. 아침에 호수에 들어갈 땐 쿠루루와 루시도 공을 들여 씻겼다. 이런 작업이 앞으로 얼마나 이어질지 모르지만, 만약 흙에 더러워졌을 땐 우물이 있을 때와 없을 때 청결도가 달라질 거다.

그렇게 생각하면 삽을 쥔 손에도 힘이 들어갔다.

이날은 다 같이 일심불란으로 땅을 팠다. 이르면 오늘 안에 물이 나올 것 같아서 다들 기합이 들어갔다.

정신을 차리자 구멍의 깊이가 나와 헬렌의 키를 뛰어넘어 안네의 머리도 보이지 않을 정도가 됐다.

"어쩐지 구멍 안이 서늘한데."

"에이조도 그래?"

헬렌이 되물었다. 헬렌이 담당한 부분은 구멍이 조금 더 깊었다. 『신뢰』라는 별명에 걸맞은 활약… 이라고 해야 할까.

나는 고개를 끄덕였다.

"조금 전보다 땀이 덜 나."

"그러게."

일반적으로 물이 나오는 대수층까지 땅을 파면 서늘하다고 한다. 지면 아래의 물은 바깥 기온의 영향을 받지 않아서 지하수는 항상 시원하다.

그와 별도로 땅속 깊숙한 곳까지 들어와서 햇빛이 가로막혀 그만큼 시원한 것 같기도 했다. 경사면 덕분에 바람도 통하고.

다만 2m 정도 땅을 파도 물이 나오진 않았다. 그렇게까지 얕은 곳에서 물이 나온다는 건 그만큼 습한 땅에 집의 기초인 기둥을 박았다는 뜻이니, 물이 안 나오는 게 다행이긴 하지만. 물론 그런 습한 땅은 겉흙과 아래 흙의 색이 달라서 바로 알아봤을 거다.

어쨌든 물은 나오지 않았다. 지금보다 더 깊숙한 곳까지 땅을 파야 한다.

우리는 날이 저물 때까지 묵묵히 구멍을 팠다. 구멍 깊이는 벌써 3m가 넘을 정도인데도 물은 아직 나올 기척이 없었다.

5m 정도 팠을 땐 물이 나오면 좋겠다고 생각하며 그날의 작업을 마쳤다.

그리고 다음 날. 1m 정도를 더 파자 삽을 꽂는 감촉이 달랐다. 왠지 흙이 묵직해진 것 같은데….

들어 올리자 삽에 진흙이 묻었다. 이제 조금만 더 파면 물이 나올 가능성이 크다.

내 말에 헬렌과 안네가 삽을 더욱 빠르게 움직였다. 목적 달성을 눈앞에 두고 힘이 나는 게 당연하다.

푹푹 무거운 흙 소리가 이어지다 이윽고 모래가 같이 나오기 시작했다.

"구멍을 넓게 파고 상태를 보자."

모래 부분을 넓게 파고 일단 구멍에서 나와 상황을 지켜봤다. 역시 구멍 안쪽이 명백히 시원하단 말이지….

그러고 보니 구멍 안에 있을 땐 땀을 거의 흘리지 않았다.

마침 점심시간이라 구멍 옆에서 다 같이 상황을 지켜보며(쿠루루와 루시가 떨어지지 않도록 감시하는 의미도 있다) 점심을 먹던 중.

"앗!"

사먀가 작게 소리를 질렀다. 구멍 안을 살펴보자 아직 탁하지만 살짝 물이 고이기 시작했다. 가족 모두가 쾌재를 불렀다.

이 이후 해야만 하는 일이 산더미처럼 많다. 그러나 일단 첫 번째 목표를 달성했다는 사실에 안도의 한숨을 쉬었다.

2장
우물

물이 서서히 솟아 나오는 광경을 다 같이 바라보며 점심 식사를 마쳤다. 아주 조금이지만 구멍 바닥에 물이 고였다. 양으로 따지면 양동이 절반 정도일까.

아직 물이 탁해서 시험 삼아 마셔볼 순 없었으나 루시가 오늘 하루 마실 만한 양이었다.

아니, 여름이라서 좀 부족할지도 모르겠군.

"조금 더 판 후에 우물 벽면을 만들어야겠어."

"그러게요."

리디가 고개를 끄덕였다. 콸콸 솟지 않아도 어느 정도 양이 솟지 않으면 우물로써 제 역할을 다할 수 없다.

땅을 조금 더 파서 적어도 하루 생활에 필요한 물을 늘 확보할 수 있을 정도로 차게 만들고 싶었다. 물론 목욕탕 계획을 고려하면 더 많이 나오는 게 좋겠지만.

"리케는 돌을 모아올래? 바닥을 돌로 둘러쌀 거야."

"알겠습니다."

"그리고 주위에 흙을 다시 넣고 굳히면서 작업해야겠군."

일단 우물이라기보단 「깨끗한 물이 나오는 구멍」을 만들기로 했다. 낙엽 등 쓰레기가 들어가지 않게 막는 의미와 안전을 위해서 평소에는 뚜껑을 덮어두고 쓰다가 우물 테두리와 두레박은 나중에 만들자.

우리 가족은 대부분 완력에 자신이 있어서 나무통에 밧줄을 묶어 직접 물을 긷는 방식을 사용해도 한동안 문제가 없을 거다.

그렇다고 해도 힘이 필요하면 그만큼 지치기 때문에 평소 작업에 영향이 생기는 건 바람직하지 않다.

게다가 리디처럼 힘이 없는 사람도 물을 길을 수 있도록 해둬야, 리디 혼자 있을 때도 우물을 쓸 수 있다. 그런 때는 거의 없겠지만.

되도록 빨리 해결하는 게 좋겠지….

어쨌든 솟아 나오는 물의 양을 늘리는 게 급선무다. 나와 헬렌, 안네는 삽을 들고 구멍으로 내려갔다.

"난 『유적』에 들어가 본 적이 없긴 한데, 이런 분위기일까?"

"난 들어가 본 적 있어. 좀 짧긴 해도 감각은 비슷해."

내 말에 헬렌이 가슴을 펴고 대답했다. 용병(아직 현역이긴 하다)일 때 헬렌은 의뢰받으면 『탐색자』 일도 했을 거다.

"헤에. 궁금하네."

"적당한 유적이 있으면 좋겠지만, 그런 건 곧바로 탐색자들이 들어가 버리니까."

"하긴."

이 『검은 숲』 안에 위험하지 않은 유적이 있으면 좋겠는데. 그렇게 적당한 유적은 쉽게 찾을 수 없을 거다.

수인이나 요정을 제외하면 지금 이 숲에 사는 사람은 우리밖에 없다. 즉, 평범한 사람이 생활하기에 적당하지 않은 장소다.

그렇다면 유적을 만들 만한 사람이 이곳에 거주하거나 주둔했는지는 차치하고 여기서 생활했을 리 없다. 따라서 유적이 존재할 가능성 자체가 한없이 낮다.

반대로 숲 밖으로 나가면 헬렌이 말한 것처럼 유적 탐색을 하며 살아가는 탐색자들이 못 본 척 넘어갈 리 없다.

뭐, 난 좀 이상한 장소에 사는 대장장이니까. 모처럼 이세계에 왔으니 관심은 있어도 언젠가 들어가 볼 기회가 있으면 좋겠다, 정도로 가볍게 여겼다.

"그러고 보니 얼마 전에 왕국에서도 새로운 유적을 찾았다는 소식을 들었어."

우리 이야기를 듣던 안네가 말했다. 그러고 보니 수도에 탐색자가 어슬렁거렸지. 나는 뭔가를 깨달았다.

"혹시 그것 때문에 최근 아다만타이트나 메기스티움이 시장에 나온 걸까?"

"아아. 그럴 가능성도 있지…. 그렇다면 『당첨』 유적이 나왔다는 뜻이겠네. 전부 왕국의 자산이 될 거야."

"뭐, 왕국의 유적이니까."

"아직도 유물이 남아있는 유적이 존재할 줄이야."

유적은 여러 종류가 있다. 별 볼 일 없는 『꽝』이 있는가 하면 금은보화(원래 군자금이었다고 한다)가 가득한 『당첨』도 있다고 했다. 당첨 유적은 대부분 규모가 크고 마력이 고이기 쉬워 마물이 발생한다는 특징도 있다.

당첨 유적이 나오면 위험을 감수할 만한 재화와 보물로 국가가 윤택해진다. 안네는 "그래서 탐색자를 규제하기 힘들어."라고 덧붙였다. 제국도 많든 적든 유적 덕을 보고 있을 거다.

다만 유적을 찾을 수 있게 된 이후 시간이 많이 지났다. 큰 유적은 벌써 누군가가 발견했다. 그래서 최근 거대 유적은 거의 찾아보기 힘들다고 들었다. 다음에 카밀로에게 어디서 유적을 찾았는지 물어볼까. 카밀로라면 알고 있겠지.

"좋아— 그럼 작업을 다시 시작하자."

""네—.""

내 말에 두 사람이 대답했다. 나는 물이 스며 나오는 바닥에 삽을 꽂았다.

나와 헬렌, 안네 셋이서 모래가 섞인 지층을 파내자 물이 솟아 나오는 속도가 빨라졌다. 압력을 가하지 않아서 콸콸 솟아 나오진 않아도 그럭저럭 되는 양이 모일 것 같았다.

"깊이는 이 정도면 충분할 거야. 일단 테두리를 만들고 상황을 지켜봐야겠어."

"그러게."

헬렌이 고개를 끄덕였다. 아마 원하는 만큼 물이 모이겠지만 만약 모이지 않았을 때 지금 주위를 흙으로 채우면 다시 땅을 파는 작업을 해야 한다. 그래서 수조처럼 구멍에 물을 모으고 필요한 양이 모이는지 먼저 확인하기로 했다.

주위의 흙벽이 무너지지 않도록 준비해뒀던 판을 조립했다. 돌을 깔고 쌓는 작업은 물이 모인 양을 확인한 후에 할 예정이다. 이윽고 구멍 바닥에 우기에 만들었던 저수조 같은 통이 완성됐다.

저수조는 나름대로 장기간 사용을 고려하여 판의 이음매도 확실하게 처리했으나 이건 단순히 시험해보기 위한 거라 일단 판을 대고 말뚝으로 고정하는 간단한 구조로 만들었다. 거의 흙막이랑 비슷하군….

이제 어디까지 차오를지 대충 확인하면 된다. 물이 조금 새거나 무너져도 괜찮다는 점에선 마음이 편하지만, 아무래도 '이래도 괜찮은 걸까.' 하는 마음이 남으면 안 되겠지.

"그리고… 흙을 다시 채워 넣기 전까진 주변에 울타리를 만들어둘까."

나는 구멍 바닥에서 위를 올려다보며 말했다. 이렇게 보니 약 5m에 달하는 구멍이 상당히 깊었다. 이전 세계로 말하자면 빌딩 2층 높이에 해당하니 당연하지만.

자칫 잘못해서 이 높이에서 떨어지면 큰일이다. 크게 다치는 건 물론이고 어쩌면 목숨을 잃을 가능성도 있다.

나는 가족들과 함께 울타리를 만들기 시작했다. 이것도 흙막

이용으로 준비해뒀던 말뚝에 나무판을 이었다. 허리까지 오는 판과 정강이 부근까지 오는 판을 하나씩 겹쳤으니 울타리에 부딪혀도 기세에 떠밀려 떨어지지 않을 거고, 루시가 구멍에 빠지는 사고도 막을 수 있을 거다.

가족이 다 같이 만들자 눈 깜짝할 사이에 울타리가 완성됐다. 급조한 것치곤 튼튼해서 내가 가볍게 부딪친 정도로는 꿈쩍도 하지 않았다.

"역시 다들 익숙해졌구나."

"그야 증축을 그만큼 했는데 당연하지."

안네가 웃으며 대답했다. 안네는 아직 제국의 제7 황녀 입장인데 『인질』로서 우리 집에 사는 동안 이런 작업에도 익숙해졌다. 언젠가 제국에 돌아가면 현장 작업에 굉장히 익숙한 황녀로 살아도 괜찮은 걸까.

아니, 그분이라면 아랫사람들이 할 만한 작업을 일정 수준으로 할 수 있는 것도 괜찮다고 할 것 같아. 나는 뇌리에 어떤 사람을 떠올리며 몰래 쓴웃음을 지었다.

쓴웃음을 바로 지운 나는 가족들에게 오늘 작업을 마치자고 외쳤다. 다들 우물이 완성된 후 어떻게 쓸지 즐겁게 대화를 나누며 집으로 돌아갔다.

◇ ◇ ◇

다음 날. 아침 일과를 마친 우리는 각자 도구를 들고 우물(미완성) 근처에 모였다.

"자, 어떻게 됐을까."

위에서 안을 보자 간이 저수조에 물이 모였다. 어제는 물 전체가 갈색을 띠고 탁했는데 오늘 모인 물은 맑았다. 우리는 줄줄이 구멍 아래로 내려갔다.

단순한 확인이고, 이 이후 돌을 가지고 와서 쌓아야만 하기에 전부 내려갈 필요는 없다. 그러나 어떻게 됐는지 다들 궁금해해서 같이 내려가기로 했다.

우물은 물이 저절로 솟는 게 아니라 크게 넘치진 않았으나 가까이 가보니 상당한 양이 모였다. 살짝 손을 대보자 온도가 차가웠다.

시험 삼아 가지고 온 통에 물을 길어봤다. 역시 통 바닥이 깨끗하게 보였다. 나는 통에 담은 물을 리디에게 보여줬다. 리디가 뭔가 중얼거린 후 물을 한 모금 마셨다.

우리는 그 모습을 마른침을 삼키며 지켜봤다. 지금까지 열심히 땅을 팠는데 이 물은 마실 수 없다는 선언을 들으면 어떻게 하지, 하는 불안이 뒤늦게 뇌리를 스쳤다.

물을 삼킨 리디가 우리를 돌아봤다. 꿀꺽, 누군가가 침을 삼키는 소리가 들렸다.

리디는 조용히 미소 지었다.

"물의 양과 질 둘 다 괜찮아요. 이대로 진행하죠."

물이 나왔을 때만큼 기뻐하진 않아도 서로 손을 맞부딪쳤다. 이제 우물이 완성됐을 때 다시 기뻐하겠지.

"좋아, 그럼 안에 돌을 쌓자. 흙도 다시 넣어서 벽을 다져야 하고."

"에이조, 의욕이 넘치네."

내 말에 사먀가 태클을 걸듯 말했다.

나는 알통을 만들며 의욕을 어필했다. 그 모습을 본 가족들이 웃었다.

『검은 숲』이라는 위험한 땅에서 살면서도 평화로운 우리는 각자 작업을 시작했다.

돌을 쌓기 전 임시 수조에 모인 물을 통으로 퍼냈다. 아까워서 퍼낸 물은 물병에 담았다. 쿠루루가 기뻐하며 물병을 옮겼다.

물을 충분히 뺀 후 임시 수조를 분해했다. 잘 부서지지 않을 정도로 만들어둬서 그런지 눈 깜짝할 사이에 분해했다. 이건 나중에 다시 재활용할 계획이다.

원래 수조를 설치했던 곳에 돌을 쌓았다. 가족 모두 시끌벅적하게 "여기에는 이 돌을 놓는 게 어때." "아냐, 이 모양이 더 잘 맞아." 대화를 나누며 돌을 쌓자 구멍 안에 작은 돌담이 생긴 모양이 됐다.

안에 다소 모인 물이 지나다닐 수 있도록 하는 편이 좋을 것 같아서 돌담 안의 밑바닥에도 돌을 깔았다.

물의 양과 수질 자체에는 문제가 없다고 해도 계속 물이 찬

채로 두면 썩거나 상할 수도 있다. 따라서 우물 안에 물이 어느 정도 모이긴 해도 순환할 수 있는, 말하자면 『온천』의 구조를 모방한 상태다.

나중에 곤란한 일이 생기면 나무로 만든 수조를 넣어서 순환하는 물의 양을 줄일 수도 있다.

돌담 바깥쪽과 구멍 사이는 파낸 모래와 흙으로 채울 예정이다. 돌담 높이까지 흙을 다 채우면 다음은 판장(板牆)을 만들어 돌담 위로 올릴 차례다. 지면 높이까지 물이 차지 않는 상황을 가정했으니 나무판으로 구멍 안의 흙이 무너지지 않게 받쳐두면 괜찮을 거다.

이날은 결국 돌담 바깥쪽에 흙을 채우는 작업까지 완성했다. 이만큼 하면 충분하다.

게다가 우물이라고 할까, 물을 긷는 장소로서는 이미 쓸 수 있는 상태다. 매번 구멍 안으로 내려가야 해서 다소 귀찮지만. 이전 세계에서도 TV 방송에서 이것과 비슷한 장소를 본 기억이 있다.

다만, 반대로 말하자면 구멍을 너무 깊게 파면 물을 긷기 힘들어서 각종 설비를 빨리 갖추는 게 좋다.

다음 날 아침. 물을 길으러 가기 전에 상태를 살펴보자 계획대로 돌을 쌓은 부분에 물이 모였다. 양이 상당해서 저 물을 길으면 호수까지 갈 필요도 없겠지만, 아침 일과는 쿠루루와 루시의 산책을 겸한데다가 여기에선 몸을 씻을 수 없다.

나 역시 평소 작업을 하면서 몸을 움직이긴 해도 아침에 걸으면서 운동을 하는 게 좋을 것 같았다.

무엇보다 쿠루루와 루시가 이제나저제나 하며 호수로 출발하길 기다리고 있다. 쿠루루는 밧줄을 묶은 물병을 스스로 목에 걸었고, 루시는 쿠루루의 옆에서 작은 병을 입에 물고 꼬리를 파닥파닥 흔들었다.

이 상황에서 "오늘부턴 호수에 가지 않을 거야."라고 말하며 두 딸을 실망하게 만들 수 있는 사람이 있을까. 적어도 난 불가능하다.

그런 이유로 난 앞으로도 계속 호수에서 물을 긷기로 했다. 적어도 호수까지 걸어갈 수 있는 동안에는 계속하기로 마음먹었다.

아니, 그 무렵에는 어쩌면 쿠루루가 끄는 차를 타고 갈지도 모르겠네.

그런 행복한 미래를 꿈꾸며 딸들과 함께 호수로 향했다.

오늘 할 작업은 판자울에 나무판을 붙이는 팀과 구멍에 다시 흙을 채우는 팀으로 인원을 나눴다. 판자울에 말뚝을 박고 나무판을 딱 붙여 덧댔다. 흙막이를 만들 때보다 나무판을 정밀하게 잘라야 했으나 내가 자르면 생산 치트 덕분에 쉽게 양산했다.

판자울에 나무판을 붙이는 작업은 헬렌과 안네에게 맡겼다. 힘이 세다는 이유보다는 키가 크기 때문이다. 두 사람이라면 사다리나 접사다리 없이 나름대로 높은 위치까지 나무판을 붙일 수 있다.

나머지 가족들은 흙을 채워 넣는 역할을 맡았다. 헬렌과 안네 입장에선 우연이라도 '본인이 판 구멍을 본인이 다시 메우는' 상황이 되지 않아서 다행일지도 모른다.

이렇게 작업을 계속하며 중간에 한 번 납품하러 마을에 갔다(카밀로가 말하길 신혼부부도 포함하여 여전히 『아무 일도 없다』라고 했다. 하긴, 문제가 자주 일어나도 곤란하니까). 며칠 후 흙을 다시 채우는 작업이 끝났다.

그 후 우물 구멍을 둘러싼 울타리라고 할까, 받침대라고 할까, 자주 물통을 올려놓는 그 부분을 만들었다. 실수로 떨어지지 않도록 지금은 나무판으로 만든 뚜껑을 덮어뒀다. 옆에 밧줄을 묶은 물통이다.

도르래와 지붕은 없어도 보기에는 이미 훌륭한 우물이다. 완성된 우물을 보고 모두 짝짝 손뼉을 쳤다. 쿠루루와 루시도 손뼉 대신 소리 내 울었다.

"간신히 한여름이 되기 전에 끝났네…."

나는 이마에 흐르는 땀을 닦으며 말했다. 주위를 둘러보자 평소보다 나뭇잎도 푸르렀다. 하루 이틀 사이에 기온이 내려가진 않을 테니 간신히 시간에 맞췄다고 해도 괜찮을 거다.

"처음에는 에이조가 써 봐."

"그럼 감사히."

사먀의 말에 나는 뚜껑을 치우고 물통을 우물 안으로 떨어트렸다. 첨벙, 소리가 울러 퍼졌다. 밧줄을 흔들어 통에 물을 담고 잡아당겨 위로 끌어올렸다.

묵직한 무게를 느끼며 끌어올리자 내 앞에 통이 모습을 드러냈다. 안에는 맑은 물이 찰랑찰랑 담겨있었다.

"아직 만들어야 할 게 많지만 일단 완성했어."

나는 발치에 다가온 루시에게 통의 물을 뿌려줬다. 기분 좋아하던 루시가 부르르 몸을 흔들자 주위에 물이 튀어 비명 같기도 하고 환성 같기도 한 목소리가 숲에 울려 퍼졌다.

일단 물 부족을 걱정할 필요가 없어졌다. 그렇다고 해서 낭비해도 괜찮은 건 아니지만, 냉방 기구가 존재하지 않는 장소에 차가운 물을 손쉽게 구할 수 있다는 점은 고마울 따름이었다.

사먀가 해보고 싶다고 나서서 통을 건넸다. 나는 물을 담은 통을 영차영차 끌어올리는 사먀를 지켜보며 말했다.

"그럴 리 없겠지만 뜨거운 물이 솟지 않아서 다행이야."

"뜨거운 물이 나올 수도 있어?"

밧줄을 잡아당기는 손을 멈추고 사먀가 물었다. 그렇다는 건 『검은 숲』에는 자연적으로 솟는 온천이 없다는 뜻인가. 나는 고개를 끄덕였다.

"왕국에 있는지 모르겠지만 북방에는 뜨거운 물이 솟는 곳이 있어. 그 물에 몸을 담그는 거야."

"헤에…."

사먀는 물을 그리 좋아하지 않았다. 호랑이 수인이라서인지, 아니면 개인적인 이유가 있는 건지는 모르겠다.

이전 세계에서 호랑이가 샘에 몸을 담그는 영상을 본 적이 있으니 이쪽 세계에서도 호랑이는 물에 들어갈 줄 알았는데, 실제론 본 적이 없어서 모르겠다.

적어도 매일 몸을 깨끗하게 씻는 건 확실한데…. 전에 디아나가 말한 적이 있으니 틀림없다.

"제국에도 그런 게 있어. 가족들과 함께 가본 적이 있거든. 상처나 병이 빨리 낫는다고 해서 몸이 안 좋으면 뜨거운 물에 몸을 담그거나 물을 몸에 끼얹기도 했어."

옆에서 물을 긷는 모습을 흥미진진하게 지켜보던 안네가 말했다.

"나도 가면 몸을 담그고 싶어."

"황실 전용 온천도 있어. 거기에 가면 되지 않을까?"

안네가 말했다. 황실 전용이라면 자신과 '그것'을 하자는 뜻일까. 안네가 웃고 있으니 농담이겠지. …농담이겠지? 나는 쓴웃음을 지으며 대답했다.

"가족이 다 같이 제국에 가게 되면 부탁할게."

"알겠어."라고 짧게 대답한 안네가 다시 미소 지었다.

◇ ◇ ◇

다음 날. 『일찍 끝내는 게 제일 좋다』라는 말에 따라 납품할 제품을 만들기 전에 우물 설비를 정비하기로 했다. 어제저녁에 검술 훈련을 한 후 우물의 물로 몸을 씻은 게 기분 좋았나 보다.

도르래와 두레박으로 쓸 통은 내가 만들고, 우물틀은 가족들에게 맡겼다. 내가 도구를 만들면 대장장이 일만큼은 아니더라도 치트를 쓸 수 있다.

도르래는 전체를 나무로 만들기로 했다. 강철로 만들면 무겁기 때문이다. 기본적으로 우물 위 대들보에 매달린 형태로 설치하기에 내구성보다는 무게를 우선시했다.

이전 세계에서도 정기적으로 보수한 목제 도르래가 많이 남아있었던 점을 생각하면 그리 쉽게 부서지진 않을 것 같았다. 게다가 목제는 수리도 어렵지 않다. 재료는 주위에 얼마든지 있고.

밖에 쌓아둔 목재에서 적당한 걸 골랐다. 작업은 대장간 밖에서 했다. 대장간 안은 너무 덥다.

도르래는 대충 말하자면 두꺼운 판을 우물 정(井)자 모양으로 조립하고 중앙에 줄을 감는 원반과 원반을 돌리기 위한 축을 넣은 장치다. 이건 치트와 단검, 끌을 사용하면 빠르게 만들 수 있다.

나는 시끌벅적하게 기둥을 세우거나 지붕을 덮을 판을 자르는 가족들을 바라보며 작업을 시작했다.

나는 나무 그늘에서 작업했다. 덥긴 해도 바람이 통하는 만큼 실내보단 약간 시원했다.

가족들이 작업하는 장소에도 테라스와 집 건물의 그늘이 드리워 불공평하진 않았다.

줄을 감는 원반을 넣을 테두리 부분은 금방 완성했다. 치트도 활용할 수 있고, 그리 복잡한 구조도 아니다. 튼튼하게 조립해서 쉽게 분해할 수 없도록 만들면 끝나는 부품이다.

우물 지붕의 대들보에서 떼어낼 수 있도록 윗부분에 구멍을 뚫었다.

"쿠루루루."

쿠루루의 목소리가 들린 쪽을 보자 기둥을 세우는 중이었다. 내가 말하지 않아도 각자 역할 분담을 했다. 기둥을 세우지 않는 멤버는 구멍을 파거나 대들보를 잘라 옮기고 있다.

증축을 꽤 많이 했으니 작업에 익숙해지는 게 당연한가. 이번에는 바닥과 벽을 만들지 않아도 되고, 힘과 솜씨도 키웠으니 순식간에 끝날 것 같았다. 왜 익숙해질 만큼 증축을 했는지는 생각하지 않기로 했다.

줄을 감는 원반은 어느 정도 크게 만든 후 테두리를 관통하는 형태로 축을 끼우고, 돌리면서 치트도 병용하여 깎아 깔끔한 원반을 만들었다.

원반이 완성되면 바깥쪽 테두리에 U자형 홈을 팠다. 이 홈에 두레박 밧줄을 감을 거다. 빙글빙글 돌아가는 움직임을 확인하고 있는데, 루시가 내게 다가와 도르래 냄새를 킁킁 맡기 시작했다.

"궁금해?"

"왕."

내 말에 루시가 작게 소리 내어 짖었다. 최근 루시는 다양한 물건에 관심을 가졌다. 가족들이 뭔가를 만지고 있으면 다가가 냄새를 맡거나 앞발로 건드려보기도 했다.

똑똑한 아이라 『위험하니까 가까이 오면 안 돼.』라고 말하면 바로 물러나고, 굳이 쳐다보지 않아도 괜찮다고 말할 때까지 입으로 물지 않았다.

특히 대장간은 위험한 물건(루시에게 있어선 '다가가면 혼나는 물건'이다)이 많다는 사실을 깨달았는지 그다지 다가오지 않았다. 단순히 더워서 그럴지도 모르지만.

도르래는 그렇게까지 위험한 물건이 아니라 루시가 마음대로 하게 내버려 뒀다. 코끝으로 도르래를 살짝 돌린 루시는 원반이 빙글빙글 도는 게 재미있는지 앞발로 돌리기 시작했다. 루시는 땅을 '벅벅' 파듯이 한바탕 도르래를 돌린 후 만족했는지 우물 쪽으로 뛰어갔다.

저런 모습을 보면 아직 어린아이군. 귀여운 딸을 배웅한 나는 나무통 만들기를 시작했다.

통은 도르래보다 훨씬 빨리 만들었다. 장작을 썩둑 자를 수 있는 단검과 치트가 있으면 굉장히 편하게 가공할 수 있기 때문이다.

통은 두 개를 만들었다. 지금 두레박으로 쓰는 통은 원래 있었던 거라 무슨 일이 생겼을 때 통이 필요하면 하나로는 부족하다.

그런 상황이 닥쳤을 때 만들어도 시간이 괜찮으면 다행이지만, 그러지 못할 때 허둥댈 수도 있어서 두레박 전용 통을 미리 만들어두기로 했다.

그동안에도 우물 지붕을 만드는 팀은 기둥을 세우고 대들보와 서까래를 붙이고 지붕을 이었다.

우물 지붕은 집과 오두막, 창고와 달리 방수를 강하게 의식할 필요가 없다. 따라서 지붕널을 붙이기만 한 형태였으나 쓰는 데에는 문제가 없을 거다. 만약 문제점을 발견하면 그때 보수 공사를 하자.

우물 위에 매단 서까래에 세로로 나무 막대를 끼우고 도르래를 매달았다. 지금까지 썼던 두레박에서 밧줄을 풀고 도르래에 감은 후 양쪽 끝을 각각 나무통에 묶었다.

이제 만에 하나 한쪽 밧줄을 전부 잡아당겨도 도르래에 다른 한쪽이 걸려서 밧줄이 아래로 떨어지지 않을 거다.

두레박은 움직도르래가 아니라 고정도르래라 직접 부담을 줄이진 못해도 순수한 팔의 힘만으로 끌어올리는 것과는 달리 체중을 실어서 잡아당길 수 있는 만큼 이전보다 편하다.

"이제 끝났어."

도르래에 두레박을 단 지붕이 있는 우물. 날이 저물어가는 풍경 속에서 본 우물은 그야말로 훌륭했다. 테라스 옆에 우물이 있고, 그 반대쪽에는 집과 대장간이 있다. 점점 『검은 숲』 안에 있기에는 이상할 만큼 제대로 된 집으로 변했다.

"아직까진 길어온 물이 부족한 때가 없었지만, 앞으로는 호수에서 길어온 물을 다 써버려도 괜찮을 거야."

"그러게."

유비무환이라고 하던가. 뜻밖의 문제가 발생해도 어떻게든 해결할 방법이 있으면 마음이 편하다. 『일상』에서 가능한 한 스트레스를 받지 않고 지내기 위해서도 내가 할 수 있는 준비는 전부 해두자.

우물이 완성됐으니 수자원에 여유가 생겼다. 전에도 가족들에게 했던 이런저런 이야기에 다시 불이 붙는 건 어쩔 수 없는 일이다.

"안녕하세요."

그때 지젤 씨의 목소리가 울려 퍼졌다. 까맣게 잊고 있었다. 지젤 씨가 『숲의 주인께서 미팅을 하고 싶다고 하셨습니다.』라고 했었지.

아니, 정확히 이렇게 말한 건 아니지만 뉘앙스는 똑같다.

"안녕하세요. 전에 말씀하셨던 이야기 때문에 오셨나요?"

내가 물어보자 지젤 씨는 미안한 듯 작게 고개를 끄덕였다.

"지금 당장 만나고 싶으시다는데, 괜찮으신가요?"

"네. 방금 작업을 끝낸 참이라 다들 괜찮아요."

대답하며 가족들을 살펴보자 다들 고개를 끄덕였다. 만약을 위해 리케와 리디가 집 안에 있던 등불을 가져왔다. 혹시 숲의 주인이 있는 곳으로 전송을 해주는 걸까. 이 세계에 와서 사소한 마법을 쓰고 있지만 전송이라는 대규모 마법은 본 적이 없다. 리디가 홉 고블린에게 썼던 공격 마법이 가장 화려했다. 괜히 가슴이 두근거렸다.

리케와 리디가 등불을 가지고 돌아오자 지젤 씨는 여전히 구슬이 굴러가는 목소리로, 그러나 조금 전까지보다 크게 똑똑히 말했다.

"준비가 끝나신 것 같군요. 이쪽으로 오세요."

'이쪽으로 오세요'? 어라, 그렇다면…. 그제야 나는 지젤 씨의 말을 오해했음을 깨달았다.

그러고 보니 지젤 씨는 『숲의 주인께서 우리를 만나고 싶다고 하셨다.』라고만 했지, 『우리를 부르셨다.』라고 말하진 않았다. 즉—.

거기까지 생각한 순간, 갑자기 눈앞에 커다란 녹색 빛 덩어리가 생겼다. 그리고 그 빛 속에서 헐렁한 옷을 입은 여성이 나타났다.

부드럽게 물결치는 녹색 머리카락에 새하얀 피부. 눈은 감고 있다.

빛 덩어리를 등지고 있어서 후광이 비쳤다. 이전 세계에서 서양의 여신 같다고 하면 열 명 중 아홉 명이 떠올릴 만한 스타일이다.

여성이 감은 눈을 조용히 뜨자 녹색 홍채가 나를 사로잡았다. 그녀가 입을 열었다.

"…내 부탁을 들어줘서 고맙구나, 인간의 아이여."

위엄, 이라고 해야 할까. 위압이 아니라 스스로 나서서 따르고 싶을 만한 분위기를 풍기는 사람이었다.

난 그렇게 생각했으나 지젤 씨의 반응은 달랐다.

"쿡쿡."

지젤 씨가 소리 내어 웃었다. 웃은 후 바로 입을 다물었으나 어깨를 부들부들 떨었다.

여신님(?)이 의아한 표정으로 지젤 씨에게 말했다.

"요정의 수장이여, 왜 그러느냐."

지젤 씨는 결국 참지 못하고 웃으며 말했다.

"이분들께는 평소 그대로 말씀하셔도 괜찮습니다. 마음에 담아두거나 소문을 퍼뜨릴 만한 분들이 아닙니다."

"그러냐? 그럼 그렇게 할까."

여신님(?)이 어깨를 빙글빙글 돌렸다. 나는 눈을 크게 뜨고 그 모습을 지켜보는 수밖에 없었다.

우리의 모습을 깨달은 여신님(?)이 꾸벅 머리를 숙이며 말했다.

"만나줘서 고마워. 난 류이사. 이 『검은 숲』의 주인이자 세간에서 말하는 수목 정령(드라이어드)이야."

위엄은 조금 남았으나 나는 "아, 안녕하세요."라고 대답하는 게 고작이었다.

3장
세계 최상위 레벨의 의뢰인

이 세계에는 『검은 숲』이라고 하는 깊은 숲이 있다. 오랜 세월 동안 자란 나무는 검은 나무껍질을 가진 게 많다. 그 나무가 두껍고 높게 자라 낮에도 어둡다.

곰과 멧돼지, 늑대를 비롯한 위험한 생물이 배회하고, 가끔 마물도 출현해서 '평범한 사람이 부주의하게 들어가면 두 번 다시 나올 수 없는' 장소이기에 『검은 숲』이라고 불린다.

그리고 그 숲의 주인이— 이 누님이다. 어쩐지 『위험한 숲의 지배자』 이미지와 동떨어졌다.

뭐, 본인(정령이지만)도 그 사실을 알고 있어서 처음에 위험 있는 말투로 말을 걸었겠지만.

눈을 크게 뜬 우리의 반응에 류이사가 말했다.

"미안해. 깜짝 놀랐어?"

"네? 아아, 네…."

섣불리 부정하면 어색해질 것 같아 솔직하게 고개를 끄덕였다. 그건 그렇고 여성이었구나. 그런 생각을 하고 있는데 류이사 씨가 웃으며 말했다.

"후후, 이래 보여도『대지의 용』이기도 해. 용의 극히 일부지만. 나처럼 바깥세상에 나온『대지의 용』 중 숲에 사는 존재를 수목 정령(드라이어드)이라고 불러."

타이밍으로 말하자면 대화를 이어가는 것처럼 들렸다. 혹시 내 생각을 읽은 걸까.

사먀도 강한 마음의 움직임은 냄새로 알 수 있다.『대지의 용』이라면 다른 사람의 생각을 읽어도 이상하지 않나.

『대지의 용』이란 이 세계의 대지를 구성하는 드래곤이다. 사람들은 이 세계가 아주 먼 태고에 잠든『대지의 용』 위에 성립했다… 라고 믿는다.

이 세계에선 상식 수준의 이야기라고 인스톨 된 지식이 가르쳐줬다.

『대지의 용』이 실존하는지 어떤지는 차치하고, 이 세계에 있어 신들은 세계가 성립한 이후 찾아온 이주자이자 관리인에 가깝다.

즉, 류이사 씨는 이 세계의 대지를 구성하는 일부라는 뜻이다. 이 세계에서도 대지의 신은 여신이다. 이전 세계에서 대지는 사람들에게 베푸는 은혜에서 성별을 여성으로 보는 경우가 많았다.

이전 세계에선 비유 표현이 아니라 실제로 여성이라는 사실을 확인할 길이 없었으나 이 세계에선 확실하게 여신이었다.

류이사 씨는 본인을 정령이라고 소개했는데. 극히 일부라고 해도 신과 대등하거나 그 이상의 존재… 겠지? 하지만 앞에 선 류이사 씨에게선 신이라는 분위기가 전혀 풍기지 않았다. 나와 가족들은 어떻게 반응해야 좋을지 몰라 곤혹스러웠다.

아니, 곤혹스러워하지 않는 가족도 있었다. 바로 쿠루루와 루시다. 류이사 씨에게 편안하게 다가간 우리 집 딸들이 "가까이에서 보니 역시 둘 다 귀엽네."라고 말하며 머리를 쓰다듬는 그녀의 손길에 기뻐했다. 적어도 우리에게 위해를 가할 만한 존재는 아니겠지.

다만, 우리 집 딸들을 쓰다듬는 게 오늘 만난 목적은 아닐 거다. 계속 곤혹스러운 표정을 지으며 류이사 씨에게 말을 걸었다.

"저기…."

"아, 미안해. 그럼 본론으로 들어갈게."

류이사 씨는 딸들을 쓰다듬던 손을 멈추고 우리와 마주봤다.

"단순하게 말하자면 너희에게 부탁이 있어."

"부탁… 이요?"

"그래."

류이사 씨가 생긋 미소 지었다. 위엄과는 조금 다른 공포를 느꼈다.

"이 숲의 마력 농도가 다른 곳과 비교해서 높은 건 알고 있지?"

"네. 안 지 얼마 되지 않았지만요."

적어도 나는 리디에게 이야기를 듣고 처음 알았다. 사먀와 리케, 그리고 디아나는 마력에 대해 잘 몰라서 이 숲의 마력 농도가 어떻다는 것도 모르고 있었다.

"그 이유는 내가 『대지의 용』의 일부이기 때문이야. 일단 이건 나중에 이야기할게."

마력이라는 게 무엇인지는 잘 모른다. 적어도 에너지 보존 법칙으로 설명할 수 있는 게 아니라는 것만은 확실하다. 마력이란 『대지의 용』의 무언가와 관련이 있는 것 같았다.

지금은 그 이상의 정보는 필요 없다. 나는 고개를 끄덕이며 다음 이야기를 재촉했다.

"적어도 에이조와 리디는 마력이 짙으면 마력이 고이기 쉽고… 나아가서는 마물이 발생하기 쉬운 것도 알고 있겠지?"

"네."

나는 다시 고개를 끄덕였다. 나와 리디가 만나고, 리디가 우리 집에 오는 계기가 된 사건에서 알게 됐다.

"이 숲은 지젤과 같은 요정이 마물의 수를 억제하고 있는데, 좀 곤란한 상황이 발생했어."

"곤란한 상황?"

이번에는 류이사 씨가 고개를 끄덕였다.

"그래. 부탁부터 먼저 말하자면, 너희가 어떤 마물을 퇴치해 줬으면 좋겠어."

그 말에 리디가 숨을 삼키는 소리가 똑똑히 들렸다.

마물 퇴치라는 말에 나는 홉 고블린과의 대결을 떠올렸다.

거대 흑곰과 싸웠을 때도 굉장히 위험했지만, 주위에 사람이 있었다고 해도 홉 고블린이 훨씬 위험했다. 간신히 대응했을 뿐 자칫 잘못하면 목숨을 잃었을지도 모른다.

리디가 숨을 삼킨 이유도 그때를 떠올렸기 때문이다.

"마물인가요?"

"그래. 마물이라고 해도 루시를 가리키는 건 아니야."

그렇지? 라고 말하듯 류이사 씨가 루시를 쳐다봤다. 루시도 꼬리를 흔들며 왕왕 짖어 대답했다.

물론 루시를 없애라고 하면 상대가 『대지의 용』이라 하더라도 저항할 거다. 아무리 내 우스코오리(薄氷)로 상처입힐 수 없는 상대라 하더라도.

그런데 그런 상대는 숲의 주인이나 관리인이 대응하면 되지 않을까. 그렇게 생각한 나는 질문해보기로 했다.

"류이사 씨나 지젤 씨는 대응하지 않으실 겁니까?"

"내가 대응하면 지형이 바뀌고 말아. 그래도 어쩔 수 없다면 상관없지만. 지젤은 전투에 어울리지 않고."

지젤 씨가 미안한 듯 머리를 숙였다. 아니, 전투에 어울리지 않는다면 어쩔 수 없지. 모든 일에는 적합한 사람과 부적합한 사람이 있다.

류이사 씨의 경우에는 아마 가진 힘이 너무 커서 미세 조정을 할 수 없나 보다.

예를 들어 딱밤을 때리려다 직경 10m의 크레이터를 만든다면 그리 쉽게 나서기 힘들 거다.

그래도 싸우지 않으면 숲의 존속이 달린 경우에는 본인도 말한 것처럼 가차 없이 싸우겠지만.

"왜 수인족에게 부탁하지 않았나요?"

"확실하게 말하자면 너희가 이 숲 최강의 전력이니까."

류이사 씨의 시선이 내게 향했다. 기본적으로 전투를 할 수 없는 리케를 제외해도 『신뢰』라는 별명을 가진 최강의 용병 헬렌, 그 헬렌과 어느 정도 동등한 전투력의 대장장이인 나, 『검투장의 장미』라 칭송받았던 검술사 디아나, 순수하게 강한 힘으로 대검을 휘두르는 거인족 안네.

게다가 우수한 척후병인 수인족 사먀, 활과 마법을 쓸 줄 아는 엘프 리디가 있다.

이제 회복 역할만 있으면 작은 군부대 정도는 쓰러트릴 수 있을 것 같았다.

물론 수로 밀어붙이면 못 당해내겠지만, 그렇지 않은 상대는 우리를 보내는 게 올바른 판단이다.

"그렇군요… 일단 무슨 말씀이신지 알겠습니다."

"그럼 설명해줄게."

류이사 씨는 아직은 문제가 없다고 표현해도 좋을 미소를 지으며 말했다. 정말 단순히 적재적소에 맞는 인재를 스카우트하러 왔을 뿐… 이라고 믿고 싶었다.

"마물은 크게 나눠 두 종류가 있어. 생물에게 탁한 마력이 깃

든 마물과 탁한 마력만으로 발생하는 마물이지. 이것도 에이조와 리디는 알고 있지?"

"네."

내가 대답하자 류이사 씨는 만족스럽게 고개를 끄덕였다. 전자는 기본적으로 그 생물의 특성을 물려받지만 후자는 생명 있는 존재에 대한 원망만으로 움직인다. 난 그렇게 들었다.

그 외에 잘 모르는 사람들… 특히 안네는 "그렇구나."라고 말하며 관심을 보였다. 황녀로서 살아온 그녀는 마물의 종류에 따른 차이를 알아둘 필요가 없었기에 제국에서 배우지 못했나 보다.

"너희에게 부탁하고 싶은 마물은 후자 쪽이야. 거처는 동굴 깊숙한 장소. 깊숙하다고 해도 길은 그럭저럭 넓어. 너희가 대형을 맞춰 싸울 수 있을 정도로 넓은 곳도 있는데, 거기에 강한 마물이 발생했어."

"지금 당장 가지 않아도 괜찮습니까? 강한 마물이 발생했다는 건 대량 발생이 일어났다는 뜻이 아닌가요? 그렇다면 막기 힘들 텐데요."

원정대에 종군했을 때 그런 인상을 받았다. 리디도 세차게 고개를 끄덕였다. 엘프들이 마을을 포기해야만 했던 이유였기 때문이다.

게다가 이곳은 『검은 숲』이다. 토벌대를 편성해도 파견을 보내기 힘들다. 소모율이 굉장히 높을 수밖에 없다.

뭐, 그래서 우리에게 부탁하러 왔겠지만.

"그래, 너희는 그것도 알고 있구나. 하지만 이번에는 어째선지 아직 마물이 대량 발생하지 않았어. 대량 발생하는 대신 감지한 마력의 양치고는 강한 마물이 한 마리만 태어났겠지. 어쨌든 느긋하게 지켜볼 수만은 없어도 당장 대응하지 않으면 돌이킬 수 없는 일이 생기진 않을 거야."

"흠."

"부탁을 받아들여 주면 좋겠는데, 어때?"

난 턱에 손을 댔다. 대량 발생이 아니라면 서두를 필요는 없다. 아무리 강해도 기본적으로 한 마리가 끼칠 수 있는 시간당 피해에는 한계가 있다.

그러나 못 본 척해도 되는 건 아니다. 확실하게 피해가 커질 거다.

피해가 생태계 일부라면 어쩔 수 없는 면도 있겠지만, 『숲의 주인』이 직접 퇴치를 의뢰하러 왔다면 평범한 수준이 아니다.

난 이 숲에 빚을 지고 있다고 생각하기에 받아들이고 싶은데, 과연 이 문제에 가족들을 끌어들여도 괜찮은 걸까….

"받아들일 거지?"

고민하는 내 뒤에서 누군가가 말을 걸었다. 디아나의 목소리다. 뒤를 돌아보자 그녀는 조금 어이없다는 표정을 짓고 있었다. 다른 가족들도 똑같이 한숨을 쉬었다.

"어차피 검은 숲에 신세를 지고 있으니 보답해야 한다고 생각하고 있잖아?"

"윽."

디아나의 말에 나는 움찔거렸다. 속마음을 꿰뚫어 보고 있다.

"항상 이상한 일에 끌어들여서 미안하지만…."

"이제 와서 무슨 소리야."

사마가 웃으며 내 등을 찰싹 때렸다. 아팠으나 내 등을 떠미는 것 같아 든든했다.

"저희도 『검은 숲』에 사는 가족이니까요."

리케가 웃으며 말하자 가족 모두가 고개를 끄덕였다.

좋아, 나는 마음을 굳게 먹었다.

"받아들여 줄래?"

"방금 들으신 그대로예요. 받아들이겠습니다."

"다행이야. 고마워."

류이사 씨는 진심으로 안도한 표정을 지었다. 아직 단정하기에는 이르지만, 의외로 솔직한 사람일지도 모른다.

자, 결정했으니 준비를 해야지. 일주일간 느긋하게 준비할 순 없어도 내일 하루 확실하게 준비한 후 가면 괜찮을 거다. 급하게 나갔다가 사고가 생기는 것보단 훨씬 낫다.

"그런데 상대가 어떤 마물인지 알고 계시나요?"

류이사 씨는 잠시 입을 다물었다. 우리에게도 위험한 상대라면 지형을 바꿔서 류이사 씨가 해치웠을 텐데. 류이사 씨가 우리에게 말했다.

“사귀[트롤](邪鬼)라고 하는, 거귀[오거](巨鬼)의 아종이야.”

트롤이라…. 이전 세계에선 덩치가 크고 힘이 강하다는 것과 햇살에 약하다는 특징이 주류였는데.

그 하마 같은 요정? 정령? 그것도 이름은 똑같지만 그건 무시하자.

숲의 주인인 류이사 씨가 이 숲에서 가장 강한 전력을 보내겠다고 말한 만큼, 이 세계에서도 위험한 존재라는 건 틀림없다.

“어떤 특징이 있죠?”

“흠….”

류이사 씨는 턱에 손을 댔다. 『대지의 용』의 일부이자 정령에 가까운 존재인데도 몸짓이 미묘하게 인간답다. 어쩌면 우리에게 맞춰주고 있는지도 모르지만.

“덩치가 크고 힘이 강해. 햇빛을 받으면 약해지고. 그 정도인가.”

“호오.”

이전 세계의 창작물에서 트롤은 햇살을 받고 돌이 되는 등 유명 만화에 나오는 도깨비 같은 특징이 있었는데, 이 세계에선 단순히 약해지기만 하는구나.

경면 가공*한 방패를 산더미처럼 가지고 가서 햇빛을 반사해서 동굴 안에 비춰 트롤에게 맞추는 방법은 효과는 있을지 몰라도 비용이 많이 든다. (*주석#1 경면 가공: 빛을 거울처럼 반사할 수 있을 정도로 표면을 가공하는 것.)

만약 일부분이라도 돌로 만들 수 있다면 능력을 대폭 낮출 수 있겠지만 약체화뿐이라 효율이 높지 않은데. 아니면 약체화에 희망을 걸어볼까?

아니, 지금 여기서 결론을 내려야만 하는 건 아니다. 내일 하루 준비하면서 대책을 세워보자.

…왠지 무식하게 힘으로 밀어붙이는 결론이 나올 것 같아 오늘은 더 생각하지 않기로 했다.

일단 오늘은 여기까지다. 나는 류이사 씨에게 말했다.

"그럼 모레 아침에 다시 여기로 와주세요."

"고마워. 그럼 모레 다시 보자."

류이사 씨는 나타났을 때와 똑같이 빛에 감싸여 사라졌… 는 줄 알았는데 다시 나타났다. 내게 손짓을 하는 모습에 다가가자 귓속말을 했다.

"에이조. 나— 즉, 『대지의 용』은 네가 왜, 그리고 어디서 왔는지 알고 있어. 그래도 지금까지 이 세계에서 제거하지 않았던 건 **그런 이유** 때문이라고 생각해줘."

순간 나는 어떻게 반응해야 좋을지 알 수 없었다. 지금 굉장히 중요한 말을 들은 것 같은데.

"가, 감사합니다."

나는 작게 인사했다. 이런 때 들어도 되는 이야기인지 의문이 남았으나 일단 세계가 이러저러해서 문제가 발생하는 미래는 없을 것 같아 안심했다.

고개를 끄덕인 류이사 씨는 "그럼 갈게."라고 우리에게 손을 흔든 후 이번에야말로 빛에 감싸여 사라졌다. 그 자리에는 우리와 지젤 씨가 남았다.

"저희로서도 부디 잘 부탁드립니다. 저희끼리 해결할 수 있는 문제였다면 좋겠지만요."

지젤 씨가 미안해하며 머리를 숙였다.

"아니에요. 적재적소란 말이 있잖아요. 싸움은 저희가 더 잘하죠."

본업은 평범한 대장장이지만 애석하게도 부업(?)인 공격력이 지나치게 높다.

"감사합니다. 그럼 저도 이만."

다시 머리를 숙인 지젤 씨가 두둥실 날아갔다. 요정은 류이사 씨처럼 사라지거나 나타나지 않았다.

"좋아— 그럼 밥 먹을까!!"

허세를 부리며 크게 외치자 가족들이 바로 찬성했다. 우리는 줄줄이 집에 들어갔다. 나는 이미 어두워진 숲을 등지고 집 문을 닫았다.

저녁 식사 때 트롤에 대한 이야기가 화제로 올라왔다. 자세한 전술 협의는 내일 하기로 했어도 화제로 나오는 건 어쩔 수 없다.

"에이조랑 리디는 마물 토벌을 한 적이 있지?"

"응. 널 구하러 가기 전에."

헬렌의 질문에 고개를 끄덕였다. 벌써 오래된 일 같았으나 그렇게 시간이 지나진 않았다.

"그땐 어땠어?"

"그땐『대량 발생』이었거든. 백작 각하의 부대가 잡몹을 제압하는 동안 우리가 우두머리를 쓰러트렸어. 리디가 마법을 썼는데도 마물이 일어났을 땐 이런저런 각오를 했었지."

"에이조의 실력으로도 그랬구나."

"응. 상당한 격전이었어."

그땐 그야말로 접전이었다. 내가 많이 다치지 않았던 건 '한 대라도 제대로 맞으면 죽기 때문'이다. 골절상을 입을 만한 공격을 맞으면 그 시점에 제2의 인생이 막을 내릴 게 분명해서 필사적으로 피했을 뿐이다.

"마물 자체에는 냄새가 나지 않는다는 점이 다행일까."

한 공간에 고인 마력에서 발생한 마물은 생물이 아니다. 목소리를 내지만 호흡조차 하지 않는다. 체액이 몸 안을 돌지도 않는다. 과다출혈로 죽거나 동굴 입구에서 연기를 피워 질식사를 꾀하는 방법은 쓸 수 없다.

다만 신진대사도 하지 않는다는 건 냄새가 나지 않는다는 뜻이다. 이전 세계에선 작품에 따라 지독한 냄새가 난다는, 마물 본인(?)이 알면 자살을 고민하지 않을까 싶은 특징이 있었다. 그러나 이 세계는 다르다.

그래도 전혀 냄새가 나지 않는 건 아니다. 마물이 죽인 사냥감이 풍기는 냄새(보통은 썩은 냄새)는 난다.

이번에는 어느 정도일지 몰라도 생긴 지 얼마 되지 않았다면 견딜 수 없을 정도는 아닐 거다… 아마도.

일단 냄새 때문에 힘들어할 일은 없을 거라는 말에 마물에 대해 잘 아는 리디를 제외한 여자들이 안도했는지 살짝 흥분했다.

"직접 현장에 가보지 않으면 어떻게 움직일지 정할 수 없을 거야. 이건 류이사 씨도 모른다고 했으니까."

공략 W○ki 같은 게 있다면 한 번 읽어보고 가고 싶었으나 당연히 그런 건 존재하지 않는다. 그야말로 라이브 생방송이다.

속았다고 해도 『당신을 사기죄와 재물손괴죄로 고소하겠습니다!』라고 말하고 끝날 만한 일이 아니라 좋은지 나쁜지 모르겠다.

"자세한 내용은 내일 다시 이야기하자. 날이 밝은 후 밖에서 대형 확인도 해야 하고."

"그러게."

내 말에 헬렌이 고개를 끄덕였다. 저녁 식사는 조용히 진행됐다.

◇ ◇ ◇

날이 밝아 다음 날 아침. 나는 평소처럼 물병을 준비했다. 우물이 생겨도 물 긷기는 그만둘 수 없다. 산책 대신이기도 하고,

우물의 물은 호수에서 길어온 물을 다 쓰면 쓰는 용도로 남겨 둬서 여차할 때 물이 없는 사태를 막기 위해서다.

우물을 들여다보자 상당한 양의 깨끗한 물이 모였다. 그리 쉽게 마를 리 없겠지만 무슨 일에든 대비하는 게 제일 좋다.

집 밖으로 나오자 루시가 꼬리를 파닥파닥 흔들며 날 맞이했다. 루시의 목에는 작은 물병을 하나만 걸었다. 왠지 물병이 예전보다 작아 보였다.

루시도 많이 컸구나. 얼굴 생김새에 강아지 같은 모습이 줄어들었다. 뭐, 그렇다 하더라도 내가 보기에는 여전히 귀엽다. 루시의 머리를 쓰다듬자 꼬리를 더욱 힘차게 흔들었다.

쿠루루도 조금 더 큰 것 같았다. 아직 어렸던 걸까. 큰 물병 두 개를 여유롭게 목에 걸고 내게 머리를 비볐다.

"그래, 너도 착하구나."

"쿠루루루루루루."

쿠루루의 머리도 쓰다듬어준 후 나와 두 딸은 물을 길으러 호수로 향했다.

아침 일과를 한차례 끝내고 오늘은 전원 장비를 챙겨 입고 테라스에 집합했다.

무장이라고 해도 우리 집은 숲속에 있는 외딴집이다. 가장 튼튼한 장비가 헬렌이 입은 경량급 장비고, 그다음이 흉갑과 정강이받이를 가지고 있던 디아나다. 그 외 다른 사람들은 갑옷은 입지 않아서 방어력이 걱정됐다.

『검은 숲』 안에서는 최고 수준으로 무장을 한 건 틀림없다.

하지만, 그래도 좀 불안했다.

"갑옷을 만들어둘 걸 그랬어."

내 말에 디아나가 작게 한숨을 쉬었다.

"거의 입을 일이 없을걸."

"그건 그렇겠지."

숲속에서 갑옷이 도움이 될 기회는 거의 없다. 의미가 없는 건 아니지만 중무장을 하는 것보다 기동력을 우선시하는 게 나은 상황이 많아서 헬렌도 사냥하러 갈 땐 갑옷을 입지 않았다.

마을에 갈 땐 조금 의미가 있겠지만 2주에 한 번, 불과 몇 시간 정도를 위해 준비할 필요가 있냐고 물어본다면, 글쎄?

그런 이유로 지금까지 가족이 입을 갑옷을 만들지 않았는데, 트롤 상대로는 물론이고 앞으로 마물화한 거대 흑곰을 퇴치할 때도 생각하면 가족 모두가 입을 갑옷을 준비하는 게 나을지도 모르겠는데. 물론 쿠루루와 루시 몫도 포함해서.

지금 아쉬워해봤자 어쩔 수 없는 일이라 나중에 생각하기로 한 나는 눈앞에 닥친 문제로 화제를 바꿨다.

"동굴 안은 의외로 넓다고 했었지."

"가족이 다 같이 갈 거야?"

안네의 말에 나는 팔짱을 꼈다.

"으음— 쿠루루와 루시, 그리고 리케를 여기에 두는 것도 생각해봤는데."

리케가 나를 쳐다봤다.

"짐도 옮겨야 하고, 만약 부상자가 나오면 후송해야 하니까. 그런 경우에는 인원수가 많은 게 좋을 거야. 쿠루루가 운반하는 이상으로 효율이 좋은 방법이 없으니까. 입구까지라도 데리고 가야겠어."

"그렇다면…."

나는 고개를 끄덕이며 말했다.

"여기에 루시만 혼자 두고 가도 따라올 거고, 정말 만에 하나의 경우에 목줄을 묶어둔 상태로는 곤란할 테니 묶어둘 수도 없어. 전부 같이 가는 수밖에 없겠지."

루시를 묶어둔 채 두고 가면 지젤 씨가 돌봐줄 것 같기도 했으나 보증은 없으니까…. 부탁을 하는 것도 좀 아닌 것 같고.

"에이조 공방의 가족 모두가 함께 가는 거야?!"

사먀가 상체를 앞으로 내밀고 말했다. 모두가 함께 간다는 말에 약간 기뻐하는 것 같았다. 우리 가족 중에선 사먀와 리케가 제일 오래 알고 지냈다.

"그래."

다시 고개를 끄덕였다. 『가족 모두』. 우리 집에서 지내는 이상 지금까지도 대장장이로서 수입을 얻으며 간접적으로 가족들의 생명을 책임지고 있다… 고 생각한다.

이번에는 더욱 직접적으로 가족들을 지켜야만 한다.

그러나 나는 개인의 전투 능력은 차치하고 이전 세계에선 평범한 프로그래머였다. 이 세계에선 실력을 차치하고 평범한 대장장이다. 압도적으로 힘이 부족하다.

나는 가족들에게 머리를 숙이며 말했다.

"늦었지만 다들 날 도와줘. 나 혼자선 좀 벅찰지도 몰라."

잠깐 정적이 흘렀다. 그러나 침묵은 곧 웃음으로 변했다.

"정말 빨리도 말하네. 처음부터 도와주려고 했거든."

"괜찮아요! 음, 싸움은 힘들지 몰라도 다른 일은 뭐든 시켜만 주세요!"

"이런 때 정도는 우리에게 맡겨. 알겠지?"

"제가 보조할 테니 안심하셔도 괜찮을 거예요."

"내가 누군데. 이야기를 듣는 순간부터 가슴이 뛰었다고. 걱정하지 마."

"한 번쯤은 이런 경험을 해보고 싶었어."

"쿠루루루."

"왕왕!"

가족들이 입을 모아 말했다. 나는 눈에서 흘러넘칠 뻔한 눈물을 간신히 참으며 머리를 숙였다.

더는 우물쭈물하지 말자. 기왕 하기로 마음먹은 일은 확실하게 해내자. 우리의 『일상』으로 돌아가기 위해.

4장
마물 퇴치

“군대에선 보통 궁병을 앞에 두고 화살을 쏘면 뒤로 물러나. 그럼 창병이 창으로 방어 태세를 잡고 점점 전진하지.”

“그렇구나.”

내 대답에 헬렌이 고개를 끄덕였다. 상대는 1인 군대나 다름없다. 우리도 소수정예 부대로서 움직여야 한다고 판단했다.

“그럼 어떻게 움직일까….”

주변에 굴러다니는 나무 조각(우물을 만들 때 남았나 보다)을 들고 단검으로 적당한 크기로 잘라 장기짝을 만들어 테라스에 늘어놓았다.

커다란 조각 한 개(트롤이다)를 놔둔 후 조금 떨어진 곳에 작은 조각을 두 개 놓아뒀다.

나는 두 개를 놔둔 쪽을 가리키며 말했다.

“사먀와 리디가 궁수 역할을 맡기로 하고, 동굴 안이니까….”

“대각선으로 쏘긴 힘들 거예요.”

“응.”

리디의 말에 고개를 끄덕였다. 곡사사격은 불가능하다. 직사

사격을 하는 수밖에 없는데, 그것도 늘 사선을 확보할 순 없을 거다.

헬렌이 조각 두 개에서 손가락을 커다란 하나 쪽으로 움직이며 말했다.

"그래도 다음에 화살이 날아올지도 모른다고 의식하게 만드는 것 자체는 괜찮은 방법이야. 우리가 녀석과 접전하는 중에는 활을 쏘기 힘들겠지만 둘 다 빈틈이 보이면 언제든 활을 쏴 줘."

오발 사고를 생각하면 아군이 근접 전투를 하는 도중에 투사 무기로 공격하는 건 너무나 위험하다.

그런데도 헬렌이 사먀와 리디에게 부탁한 건 그만큼 실력을 인정한다는 뜻이다. 두 사람 다 힘차게 고개를 끄덕였다. 이 두 사람이라면 만에 하나의 불상사는 일어나지 않을 거다.

"그러고 나면 우리가 한꺼번에 덤벼들까?"

나는 사먀와 리디의 나무 조각 뒤에 네 개를 더 놓아뒀다. 나무 조각을 본 헬렌이 말했다.

"으음—. 우리끼리 서로를 다치게 하진 않겠지만 공격 범위가 달라서. 디아나, 창은 다루기 힘들어?"

가장 자신 있는 무기를 든 상태에선 안네의 공격 범위가 가장 넓다. 거인족의 신장에 길고 커다란 양손 검. 거의 단창과 비슷하다.

헬렌은 쇼트 소드라 무기의 공격 범위가 짧다. 다만 짧은 공격 범위를 채우고도 남을 만큼 빠르다. 거대 흑곰도 쉽게 베어

버렸던 『신뢰』의 진면목이다.

안네와 헬렌은 창을 들 필요가 없다. 공격 범위가 창과 비슷하거나 그 정도의 거리는 순식간에 좁혔다가 다시 멀어질 수 있다.

그렇다면 나와 디아나가 창을 들어야 한다. 그러나 다루기 힘든 무기를 들고 있으면 짐이 될 뿐이다. 아무런 의미가 없다.

내게 질문하지 않은 이유는 마물 토벌 때 창을 써본 적이 있어서겠지….

"으음— 전혀 못 다루는 건 아니야."

"그럼 가지고 가. 가능한 한 멀리 떨어져서 싸우는 편이 좋을 거야. 디아나와 안네는 견제만 해주면 돼."

헬렌이 척척 지시를 내리자 디아나와 안네도 고개를 끄덕였다. 역시 이런 건 프로에게 맡겨야 한다니까.

"그럼 근접 전투는 나랑 헬렌이 맡은 거지?"

"응. 파트너, 잘 부탁해."

헬렌이 씩 웃었다. 내가 부탁을 받아들였으니 헬렌이 말하지 않아도 가장 위험한 역할을 자처할 예정이었다. 게다가 곁에 최강의 용병이 있다면 마음도 든든하다.

"좋아, 그럼 지금부터는 실제 동선을 확인하자."

가족들이 서로 얼굴을 마주봤다. 표정이 결의로 가득 찼다.

헬렌이 나무 조각을 움직이며 각자 동선을 확인한 후 정원에 커다란 통나무(베고 그대로 뒀던 목재)를 세워 트롤라고 여기며 훈련하기로 했다.

가상의 트롤에게서 거리를 벌리고 나와 헬렌이 선두, 다음이 사마와 리디, 마지막으로 안네와 디아나가 대열을 맞췄다.

입구까지 같이 가는 리케와 쿠루루, 루시는 훈련을 구경했다. 적당히 놀아도 괜찮다고 했는데 쿠루루와 루시가 구경하고 싶어 해서 그대로 뒀다.

무기는 헬렌이 쇼트 소드 두 자루와 메이스, 나는 창과 우스코오리, 사마와 리디가 활. 안네가 대검과 투창, 디아나가 롱소드와 창을 들었다.

가상의 트롤을 향해 조금씩 다가갔다. 활로 직사사격을 할 수 있는 거리까지 다가가자 헬렌이 신호를 보내 사마와 리디가 앞으로 나섰다. 나와 헬렌은 바로 뒤에 따라갔다.

사마와 리디가 가상의 트롤을 향해 활시위에 메긴 화살을 쐈다. 완만한 곡선을 그리며 화살이 통나무의 위쪽, 머리 부근에 두 개 다 명중했다. 실전에서도 저 부근에 명중해서 끝나면 편할 텐데.

"물러나!"

헬렌이 크게 외쳤다. 사마와 리디를 뒤로 보내는 신호다. 신호에 따라 두 사람이 뒤로 물러났다. 그 틈을 채우듯 나와 헬렌, 그리고 안네와 디아나가 앞으로 나섰다.

그 상태에서 모두 앞으로 나아갔다.

"엎드려!"

셀렌이 다시 호령했다. 나와 헬렌이 몸을 웅크린 직후 안네가 투창을 던졌다.

이 투창은 명중시킬 목적이 아니라 상대를 견제하는 용도다. 투창을 본 트롤이 주춤거리며 일시적으로라도 그 자리에 멈춰 서면 그 순간 사먀와 리디가 다시 활을 쏘기로 했다.

이동도 트롤이 이쪽으로 다가오면 우리는 가만히 서 있기로 했다.

안네가 던진 투창은 가상의 트롤 중앙에 명중했다. 관통은 하지 않았으나 상당히 깊게 꽂혔다. 만약 이게 실전이었다면 치명상까진 아니더라도 큰 대미지를 입었을 거다.

그러나 실전에서 반드시 이런 식으로 싸울 거라고 기대하며 전술을 짜선 안 된다.

투창이 명중해도 전부 명중하지 않았다고 가정해야 한다. 즉, 트롤이 상처를 입지 않은 상황을 가정해야만 한다.

"덤벼라!"

투창이 명중한 직후 헬렌이 호령했다. 그 순간 헬렌의 모습이 사라졌다. 『신뢰』라는 별명의 유래를 여실히 보여주듯 순식간에 가상의 트롤과의 거리를 좁혔다.

나를 포함한 전선팀 세 명은 좌우로 흩어져 헬렌을 쫓듯 가상의 트롤에게 뛰어들었다. 그동안 헬렌은 선 위치를 바꾸며 스치듯이 가상의 트롤 표면을 계속 베었다.

이건 좀 미안하지만, 저 검으로 헬렌이 진심으로 칼을 휘두르면 통나무는 순식간에 산산조각이 날 거라 힘 조절을 부탁했다.

이 역시 트롤이 실전에서 산산조각이 나 사라지면 더할 나위 없이 좋다. 그러나 그리 쉽게 쓰러질 리 없으니 우리도 전투에 가담하는 경우를 예상했다.

부웅, 소리가 나며 안네가 대검을 내려찍었다. 공기뿐 아니라 공간마저 베는 듯한 묵직한 일격. 그 공격이 가상의 트롤을 두 동강 냈다. 벤다기보다는 완전히 부쉈다.

"그만!"

헬렌의 호령에 나와 디아나는 가상의 트롤이 두 동강이 났음에도 불구하고 창을 찌르는 자세로 움직임을 멈췄다. 물론 창은 어디에도 꽂히지 않았다.

나와 디아나는 창을 뒤로 물렸다. 가족들도 각자 편한 자세를 잡았다.

그리 많이 움직이지 않았는데 창과 검을 들고 단거리 질주를 했더니 좀 힘들었다. 살짝 흐트러진 숨을 고르며 나는 헬렌에게 물었다.

"어때?"

"공격이 전부 성공하면 금방 죽일 수 있을 거야."

"그렇지."

내가 보기에 평범한 상대는 적어도 네 번은 죽었다.

"물론 공격이 전부 성공하진 않을 거야. 조금만 더 연습하고 싶은데. 화살촉은 아직 많이 남았지?"

"응? 아, 응. 짬이 나면 만들어둬서 많이 있을 거야."

"그럼 그걸 써서 우리가 움직이는 동안 엄호 사격을 하는 연습을 하자. 아까 봤더니 사먀와 리디도 공격당할지도 모르겠어. 맞으면 아프겠지만 모여 있으면 크게 다치진 않겠지."

헬렌의 말을 듣고 모두가 알겠다고 대답했다. 나는 문득 하늘을 올려다봤다. 오늘도 날씨가 좋구나. 집 근처에 햇살이 쏟아졌다. 왠지 아직 중천까지 뜨지 못한 태양 빛이 우리를 응원하는 것 같았다.

점심 식사 전 엄호 사격 훈련을 했다. 화살촉을 뭉툭하게 만든 화살을 몇 개 준비해서 사먀와 리디에게 나눠줬다.

헬렌을 제외한 전선팀 세 명— 나와 안네, 디아나는 새로 준비한 통나무 주위를 둘러싸고 부지런히 돌아다녔다.

"얍."

나는 찌르지 않을 정도로 창을 내밀었다. 옆에 선 안네가 휘두른 대검의 범위도 생각해서 움직여야 하기에 이건 이것대로 편하지 않았다.

통나무는 우릴 공격하지 않는다. 그래서 헬렌이 목검으로 가끔 공격했다. 찌른 순간 빈틈을 노리거나, 공격해올 거라고 여긴 타이밍을 절묘하게 빗겨나가 굉장히 성가셨다.

그러던 중 창에서 내 손으로 엄청난 충격이 전해졌다. 헬렌이 창을 쳐서 떨어트리려고 했다. 나는 곧바로 창을 버리고 우스코오리를 들었다.

이것도 훈련의 일종이다. 자칫 버티다가 손을 다치지 않도록, 또한 창이 사용 불가능할 경우 곧바로 무기를 바꿔 드는 연습을 하는 거다. 이전 세계로 말하자면 소총에 탄피가 제대로 나오지 않아 방아쇠가 걸리면 곧바로 권총으로 바꿔 드는 연습이다.

태연한 얼굴로 우리 세 사람을 공격하는 헬렌은 그야말로 『신뢰』라는 별명과 최강의 용병이라고 칭송받을 만했다. 『헬렌 혼자 가도 괜찮지 않을까.』 하는 말이 뇌리에 스쳤으나 그럴 순 없겠지.

헬렌은 사먀와 리디에게 호령하지 않았다. 각자의 판단으로 화살을 쏘고 있다. 우리가 헬렌을 상대하는 동안 나와 안네 사이의 거리가 멀어진 순간, 날카로운 소리를 내며 화살이 통나무를 향해 날아갔다.

날아간 화살은 콱, 하는 둔한 소리를 내며 통나무의 상반신 부근에 명중했다. 화살촉을 뭉툭하게 만든 탓에 꽂히지 않고 그대로 바닥에 떨어졌다.

궁병팀은 신중하게 화살을 쏘고 있다. 전선팀에게 한 번도 맞추지 않고 모든 화살을 다 쐈다.

해가 중천을 조금 지날 만큼 시간이 지났다. 슬슬 휴식을 취하기에 적당한 때다. 배도 좀 고프고.

나는 가족들에게 외쳤다.

"이제 점심 먹자."

『알겠어—.』

훈련이라고 해도 전투 후의 팽팽한 긴장감이 단숨에 풀렸다. 구경하던 쿠루루와 루시도 주위를 뛰어다니며 기뻐했다.

"그러고 보니 에이조와 리디가 토벌하러 갔을 땐 어땠어?"

테라스에서 점심을 먹으며 헬렌이 물었다. 쿠루루와 루시는 이미 밥을 다 먹고(쿠루루는 원래 식사량이 극단적으로 적지만) 다시 둘이서 술래잡기를 한 후 정원 구석의 햇살이 잘 들지 않는 곳으로 가 낮잠을 자기 시작했다.

리디 쪽을 흘끗 보자 그녀가 고개를 끄덕였다. 나는 입 안의 수프를 삼킨 후 입을 열었다.

"그땐 동굴이 그리 넓지 않았고, 무엇보다 고블린이 정말 많았어. 그쪽은 병사들에게 맡겼지만."

"저희끼리 우두머리를 쓰러트렸어요."

"처음에는 리디가 마법으로 쓰러트린 줄 알았는데."

그 마법도 정말 굉장했다. "해치웠나?!"라고 외치진 않았으나 결과적으로는 똑같은 말이다.

"결국 마법으로 쓰러트리지 못했죠."

"조마조마했어."

나는 컵에 따른 차를 한 모금 마셨다.

"뭐, 내가 창으로 간신히 쓰러트렸지만. 결국 검으로 결정타를 찔렀어. 뒤로 뛰어들어서 창을 던지고, 검으로 공격을 계속 해서 쓰러트린 참에 마무리 공격을 했지."

"헤에."

헬렌이 흥미진진하게 맞장구를 쳤다.

"그럼 쓰러트린 후에 제대로 마무리를 해야겠네."

"그런 것 같아. 심장은 없는 대신 목을 베니까 사라졌어. 잡몹인 고블린은 병사들이 심장 부분을 찔렀더니 똑같이 사라졌다고 했고. 딱히 반드시 노려야만 하는 위치는 없나 봐."

"먹지도 않고 호흡을 하지도 않는 것과 피가 흐르지 않는 외에는 평범한 생물처럼 행동했어요. 약점… 이라고 해도 될지 모르겠지만 급소도 평범한 동물과 다르지 않고요."

"그렇구나."

리디가 말을 이어받아 설명했다. 헬렌은 팔짱을 끼고 진지하게 고개를 끄덕였다. 마력에서 발생한 마물은 정말 신기한 생물이다. 아니, 살아있는 건 아니지만. 어디까지나 살아있는 척할 뿐이다.

"뭐, 흡혈귀 같은 게 있어도 그 녀석이 어떤 구조인지는 모르니까."

"동화에 나오는 흡혈귀 말이야?"

"응."

헬렌의 질문에 고개를 끄덕였다. 끄덕이긴 했으나 동화에 나오는 줄은 몰라서 반쯤은 허풍이긴 하다.

너무나 자연스럽게 말해서 사먀의 후각에도 걸리지 않았다. 곁눈질로 상태를 살피자 사먀는 고기 세 점을 한꺼번에 먹을 뿐 아무런 반응도 하지 않았다.

리디도 아무 말도 하지 않았다. 내가 올바르게 인식했나 보다.

"트롤도 마무리 공격을 해야만 하는 건가."

"아마도. 목을 베려면… 안네가 나설 차례인가?"

내 말에 안네가 스푼을 입에 문 채 나를 바라봤다. 황녀님, 식사 예절에 어긋나는 행동입니다.

목이 얼마나 두꺼운지는 차치하고, 넘어지면 안네의 대검으로 벨 수 없는 목은 없다. 내가 만든 『특별 주문 모델』과 거인족의 완력, 그리고 검 본래의 중량도 무겁다. 이전 세계에서 실제로 『마녀』의 목을 베었다고 전해지는 『처형인의 검』을 본 적이 있는데, 그와 비교해서도 상당히 크다.

"나랑 헬렌이 움직임을 막는다 치고, 마지막 마무리를 부탁할지도 몰라."

안네는 고개를 끄덕였다. 오후에는 마지막 일격을 넣는 훈련도 하자. 내가 그렇게 말하자 헬렌도 고개를 끄덕였다. 자, 점심 식사를 정리하면 훈련을 해서 만전에 조금이라도 가까워져 볼까.

나는 정점 부근에 화살이 꽂힌 통나무 하부에 창을 꽂아 넣었다. 디아나도 나와 반대쪽에서 똑같이 창을 찔렀다.

그 사이를 한 줄기 바람이 지나갔다. 헬렌이다. 그녀는 빠른 속도로 통나무를 걷어찼다. 쿵, 하는 소리가 나며 통나무가 바닥에 쓰러졌다. 나와 디아나는 그에 맞춰 창을 뽑고 이번에는 통나무의 상부를 찔렀다.

직후, 대검을 휘두르며 안네가 뛰어와 통나무가 트롤이었다면 머리에 해당하는 부근에 칼을 내리찍었다. 땅이 흔들릴 만한 소리가 나며 가상의 머리가 산산조각 깨졌다.

움직임을 막는 부분까지는 오전 중과 똑같지만, 점심 식사 후 헬렌이 바닥에 쓰러트리고 안네가 결정타를 꽂는 흐름을 확인했다. 이게 첫 번째다.

"처음 한 것치곤 농선이 괜찮은데. 평소 사냥을 하면서 연계해서 그런가."

"아아, 그럴 수도 있겠네."

나와 헬렌은 서로 어깨를 들썩이고 숨을 쉬며 대화를 나눴다. 오전 중에도 동선이 괜찮았다고 생각은 했는데, 평소 사냥하러 가면 이래저래 연계해서 싸우던 습관이 이런 상황에 도움이 되는구나.

사먀와 리디가 꽂히거나 튕겨 나간 화살을 줍는 모습을 곁눈질로 보며 말했다.

"오히려 내가 방해하지 않도록 조심해야겠어."

나와 리케는 평소 사냥에 참여하지 않았다. 안네는 몇 번 사냥을 나가서 몰이꾼을 맡았다. 아마 문제가 생긴다면 연계에 익숙하지 않은 내 잘못일 거다.

“거리를 넓게 벌리고 뒤에 있는 편이 나을까?”

“음—.”

헬렌이 팔짱을 꼈다. 절그럭, 방어구가 소리를 냈다.

“에이조는 나랑 대등하게 싸울 만큼 실력이 좋으니까 되도록 앞에 있는 게 나을 텐데.”

“흠.”

우리 가족에게 전력을 따져서 순위를 매긴다면 치트를 받긴 했어도 내가 헬렌 다음 순위임이 틀림없다.

그다음이 접근전에 뛰어난 디아나다. 하지만 그렇게까진 차이가 나… 겠지. 전에 헬렌이 그런 말을 했었다.

그렇다면 여기서 내가 뒤로 물러나 전력을 줄여선 안 된다.

“‘목을 베면 끝’이니까 어느 정도는 주위 사람들이 에이조에게 맞춰서 움직이는 게 나을 거야. 다소 동선이 꼬여도 에이조가 빠지는 것보단 나으니까.”

“그렇군.”

전투의 프로가 그렇게 말한다면 따르는 수밖에 없다. 전문가의 말은 순순히 받아들이는 게 가장 좋다.

“좋아, 그럼 다시 해보자!”

헬렌이 짝짝 손뼉을 쳤다. 우리는『오케이—.』하고 약간 힘이 빠진 대답을 하며 자기 위치로 돌아갔다.

그 후 적당한 통나무가 다 떨어질 때까지 여러 번 연습했다.

헬렌이 통나무를 쓰러트리는 방향도 매번 달랐고, 통나무를 쓰러트리지 않는 패턴과 창으로 처리하는 패턴, 거의 그럴 리 없겠지만 몇 명이 전투 불능이 됐을 경우도 고려해서 동선을 확인했다.

그러면서 무언가를 똑똑히 깨달았다.

"알고는 있었지만, 예상했던 대로 헬렌이 쓰러지면 좀 힘드네."

"그야 내 입으로 말하기에는 민망하지만, 내가 없으니까."

헬렌이 쓰러진 상황을 가정하고 헬렌이 가상의 트롤 역할을 맡아 온 힘을 다해 우리를 공격한 결과, 거의 손도 쓰지 못하고 철수하는 선택지를 고르는 수밖에 없었다.

엄호 사격 연습을 할 때도 우릴 공격하긴 했지만 그땐 온 힘을 다하지 않았나 보다.

"몇 번 재도전할 수 있을지 몰라도 내가 쓰러지면 일단 물러나고 태세를 다시 갖추는 편이 좋겠어."

"응."

"도망칠 땐 나도 잘 데리고 가줄 거지?"

"당연하지. 억지로라도 데리고 갈 건데?"

내 말에 헬렌은 살짝 얼굴을 붉히며 "헤헷." 하고 웃었다.

나는 일단 통나무 근처로 가족들을 불렀다. 통나무는 꼭대기 부근이 깨졌다. 나와 사먀, 헬렌, 쿠루루와 루시는 땅바닥에 앉고 다른 사람들은 통나무에 걸터앉았다.

“후퇴할 때 대비해서 제대로 확인하고 가자. 헬렌이 전투 불능이 되면 곧바로 후퇴할 거야.”

내 말에 모두 고개를 끄덕였다. 이해했는지 못했는지 쿠루루와 루시도 대답해서 무심코 웃음이 나왔다.

“다음에 나와 디아나, 안네 셋 중 누군가가 전투 불능이 됐을 때, 이 경우에도 후퇴할 거야. 태세를 다시 잡고 도전하자.”

다시 모두 고개를 끄덕였다.

“그럼 남은 건….”

“그 이후로는 각자 판단에 맡길게. 상황이 힘들 것 같으면 후퇴하자. 목숨만 붙어있으면 언제든 재도전할 수 있으니까.”

내가 하려고 했던 말을 헬렌이 말했다. 나는 힘차게 고개를 끄덕였다.

문득 주위를 보니 해가 많이 기울었다. 곧 밤이 될 거다. 이제 시간이 없나. 내일 실전에서 아무 문제가 없길 기도하는 수밖에 없다.

훈련 종료를 선고하자 가족들이 알겠다고 대답하며 각자 몸에 묻은 흙먼지를 떨기 위해 집으로 돌아갔다.

◇ ◇ ◇

다음 날 아침. 아침 식사는 가볍게 먹었다. 과식하면 몸을 움직이기 힘들다는 이유에서가 아니라 단순히 헬렌을 제외한 다른 사람들이 긴장해서 그리 많이 먹지 못했을 뿐이지만.

직업 용병이었던 헬렌은 역시나 평소와 다름없이 배부르게 밥을 먹었다.

"역시 대단해. 긴장 안 돼?"

"아니? 나도 긴장되지. 처음 싸워보는 상대니까. 그냥 긴장해도 밥을 먹을 수 있게 됐을 뿐이야."

내 질문에 헬렌이 대수롭지 않게 대답했다. 그 말을 태도로 보여주듯 무발효 빵을 하나 더 먹었다.

"먹을 수 있을 때 먹지 않으면 다음에 언제 식사를 할 수 있을지 모르는 때가 많았거든."

"하긴."

우리 집에서 살게 된 후 굉장히 온화해졌을 뿐 헬렌은 원래 프로 용병이다. 상황에 따라선 며칠간 먹지도 마시지도 못하는 때도 있었을지도 모른다. 그 결과, 어떤 때에든 먹을 수 있으면 먹어두게 됐을 거다.

여러 가지 일을 부탁받긴 해도 기본적으로는 대장장이 아저씨인 내가 항상 전장에 설 각오를 하고 살아갈 필요는 없겠지만, 이렇게 프로의 마음가짐을 가진 사람이 곁에 있어서 굉장히 든든했다.

"지나치게 긴장하는 것도 좋지 않지만, 상대를 얕보면 안 되긴 하지. 너희도… 조금쯤은 긴장을 풀고 어제 했던 훈련을 떠올리면서 움직이면 별일 없을 거야."

재빨리 수프를 먹어 두 개째 빵을 삼킨 헬렌이 말했다. 다른 가족들 사이에 긴장했던 분위기가 약간 풀렸다. 전문가가 말한 덕분이다.

용병 시절에도 이런 식으로 신입 용병들을 격려했을까. 혹은 본인이 자신을 스스로 격려했을까.

나는 “자, 빨리 준비하자.”라고 황급히 자리에서 일어나는 헬렌을 보며 그런 생각을 했다.

대장간에 손뼉을 치는 소리가 울려 퍼졌다. 가족이 모두 무장을 한 상태로 손을 모아 기도했다. 오늘은 말할 필요도 없이 다들 무사히 트롤 토벌에 성공하길 기도했다. 물론 모두 무사히 돌아오는 게 최우선 사항이다.

고요한 대장간. 몸을 움직이지 않고 다들 기도를 드렸다. 괜찮을 거라 생각하면서도 만에 하나의 상황이 일어나지 않길 바라는 마음은 모두 똑같았다.

이윽고 누가 먼저랄 것 없이 신단 앞에 머리를 숙여 인사했다. 헬렌의 흉갑에서 철컹거리는 소리가 났다. 다른 사람들의 장비도 각각 소리를 냈다.

고개를 들고 신단을 바라보자 순간 여신상이 반짝이는 것처럼 보였다. 아무도 반응하지 않았고, 햇살이 잘 들어오는 장소도 아니라 기분 탓이겠지만 우리를 축복하는 것 같아서 잘 표현할 수 없는 신기한 확신이 들었다.

…햇살을 반사해서 아침저녁에 기도를 드리는 시간대에만 빛

이 들어오도록 하는 것도 괜찮을 것 같은데. 그런 시시한 생각을 할 정도로 긴장이 풀렸다. 그것만으로도 대단한 은총이다.

“불은 잘 껐지?”
“응, 확인했어.”
“문도 잘 잠갔고?”
“네, 스승님. 열쇠는 제가 가지고 있어요.”

평소 외출할 때와 똑같은 대화를 나눴다. 다들 무사히 집에 돌아오기로 다짐했으니 당연하다.

쿠루루와 루시도 오두막에서 나와 우리 곁에 앉았다. 우리의 긴장감과 결의를 깨달았는지 어떤지 표정이 매서웠다.

디아나가 루시의 머리를 쓰다듬었다. 쿠루루도 안네가 머리를 쓰다듬었다.

아직 5분도 지나지 않았을 텐데 그보다 훨씬 길게 느껴지는 시간이 지났다. 서서히 더위가 몸에 스며들었다.

물을 챙겼던가? 짐에 물통을 넣었는지 아닌지 떠올리려고 하자 공중에서 배어 나오듯 여성이 모습을 드러냈다.

이 『검은 숲』의 주인이자 수목 정령(드라이어드) 류이사 씨다. 『대지의 용』(의 일부)이기도 하며 이번 트롤 토벌의 의뢰인이기도 하다.

류이사 씨는 인사도 대충 하고 본론을 꺼냈다.

“좋은 아침이야. 바로 안내할까 하는데, 준비는 끝났어?”

우리 가족이 모두 말없이 힘차게 고개를 끄덕였다. 그 모습을 본 류이사 씨가 만족스럽게 미소 지었다.

"고마워. 그럼 출발하자."

우리는 다시 고개를 끄덕였다. 류이사 씨가 선두에 서서 걷기 시작했다. 우리 가족은 모두 각오의 첫걸음을 내디뎠다.

우리는 사냥할 때도 하지 않았던 무장을 하고 『검은 숲』을 걸었다. 평소에는 늑대 무리와 만나지 않을지, 멧돼지와 거대 흑곰과 마주치지 않을지 경계하면서 앞으로 나아갔으나 지금은 다르다.

우리의 장비가 큰 소리를 내어 곰을 쫓기 위한 종소리처럼 들린다는 이유도 있지만, 가장 큰 이유는 선두에 선 사람이 이 숲의 주인— 류이사 씨이기 때문이다.

설마 숲의 주인에게 시비를 걸 만한 짐승이 존재할 리 없다. 만약 있다면 고인 마력에서 발생한 마물 정도다. 이번에 트롤을 감지했다는 건 어느 정도 이상은 류이사 씨가 감지했을 테니 그녀에게 전부 맡기면 된다.

참고로 현지까지 텔레포트로 이동하지 않고 걸어서 이동하는 이유는 '류이사 씨 혼자라면 몰라도 다른 인간을 동반했을 때 여러 가지로 문제가 있고 준비에 시간이 걸리기 때문'이라고 했다.

나는 무심코 『다른 사람을 데리고 갈 땐 텔레포트 이용 허가 신청서를 써서 도장을 찍고 상사의 승인을 받아야만 한다.』 같은 이미지를 떠올렸다. 아직 이전 세계의 감각을 떨쳐내지 못했다.

“이런 상황에서 물어보기에는 이상한 말일 수도 있지만요.”

“무슨 질문이든 상관없어.”

겉보기에는 평화 그 자체인 숲속을 걸어가며 머뭇머뭇 말을 꺼내자 류이사 씨가 흔쾌히 대답했다.

우리의 긴장을 풀어주기 위해서라기보단 이게 그녀의 본모습에 가까웠다.

“고인 마력에서 발생했든 고인 마력에 의해 변성됐든, 마물이 발생하는 자체는 막을 수 없는 거죠?”

“그렇지.”

지젤 씨와 같은 요정족이 마력이 고이지 않도록 매일 고심하고 있으나 그래도 모든 걸 막을 순 없다. …우리 집의 루시처럼.

“이번에는 성가신 게 발생해서 저희가 나서야만 하는 거지만, 그렇지 않은 경우에는 어떻게 하나요?”

“음—….”

류이사 씨는 잠시 생각에 잠겼다. 모르는 건 아닐 거다. 우리에게 말해도 되는지 고민하고 있나 보다.

“뭐, 너희에겐 말해도 괜찮겠지. 난 아무것도 하지 않아.”

“네?”

류이사 씨의 태연한 대답에 나는 발을 멈췄다. 설마 방치하는 건가.

"대부분은 늑대들이 알아서 처리하니까. 그보다 약한 개체는 사슴이 쓰러트리고, 극히 드물지만 마물과 마주친 수인이 정리하는 때도 있지."

나는 뒤에 있는 사마 쪽을 돌아봤다. 눈을 동그랗게 뜨고 고개를 저었다. 적어도 사마는 들어본 적이 없는 건가.

"수인과 마주치는 건 10년에 한 번 빈도도 되지 않으니 사마는 모를지도 몰라. 그런 때 난 관여하지 않아."

내 움직임을 눈치챈 류이사 씨가 그렇게 덧붙였다. 나는 살짝 몸을 움츠렸다. 사마가 입술을 뾰족 내밀었다.

그런데 사슴에게 쓰러질 만큼 약한 마물이라는 건 약간 어폐가 있다.

이 숲에는 뿔 사슴이라고 하는 거친 사슴이 있다. 사마가 굉장히 성가시다고 표현했으니, 굳이 말하자면『이 숲에는 마물을 쓰러트릴 만큼 강한 사슴이 있다.』라고 해야 한다.

어쩌면 뿔 사슴은 마물 때문에 이 숲에 있을지도 모른다. 커다란 생명체로서 숲의 자기방어 능력에 뿔 사슴이 포함된다면 그리 엉뚱한 상상은 아닐 거다.

류이사 씨는 쿡쿡 작게 웃으며 말을 이었다.

"다소 강해도 대부분 곰이 처리하기도 하고."

"그렇군요. 곰은 강하긴 하죠."

고개를 끄덕이며 맞장구를 치자 류이사 씨도 고개를 끄덕였다. 마물이 되어가던 중이었는지, 아니면 순수하게 강한 개체였는지는 차치하고 나는 일대일로 이 숲의 곰과 싸운 적이 있다.

처음으로 죽을 가능성을 염두에 뒀던 바로 그때다. 두 번째는 비교적 쉽게 쓰러트렸으나 그땐 나 혼자가 아니었고, 헬렌도 같이 싸워서 편하게 느꼈을 뿐 강적이라는 점은 변함없었다.

마력이 동물에게 영향을 미쳐 태어난 마물의 경우는 어떤지 몰라도 마력에서 직접 태어난 마물의 경우에는 '죽으면' 연기가 되어 사라진다.

그런 마물과 싸운 거대 흑곰은 굉장히 실망했을 거다. 다소의 동정심을 금치 못했다.

반대로 생각하면 이번에 우리가 나선 이유는 이미 알다시피, 그리고 살짝 돌려서 말을 듣기도 했지만 '곰도 쓰러트릴 수 없는 상대'이기 때문이다.

즉, 우리는 적어도 곰보다 강한 상대를 쓰러트리러 간다는 뜻이다.

그럴 거라고 예상은 했고, 그런 상황을 상정하고 어제 하루 훈련을 했으나 뒤늦게 실감이 들었다.

우리는 작은 새와 짐승의 울음소리가 울려 퍼지는 숲속을 나아갔다. 이『일상』을 무너뜨리고 싶지 않았다. 그러기 위해서도.

한동안 숲속을 걸어갔으나 아직 조금 더 남았다고 해서 짧은 휴식을 취했다. 우리는 가지고 온 물로 수분을 보충했다.

다들 물통을 가지고 왔으나 지금은 쿠루루가 짊어진 작은 나무통에서 물을 떴다. 여차할 때 물통의 물이 부족한 사태를 피하기 위해서다.

이번 보급 물자는 쿠루루가 짊어졌다. 물 외에는 붕대 대신 쓸 청결한 천과 지혈 약초, 그리고 동굴에 들어간 후 쓸 횃불 등이 들어있다. 일단 말린 고기도 넣었으나 꺼내 먹을 일은 없을 거다.

말린 고기로 식사를 해야만 할 만큼 시간이 걸린다면 일단 집에 돌아가서 재정비하는 게 낫다. 돌아오는 길에 조금이라도 배를 채워야 한다면 먹을지도 모르겠지만.

"후우."

나는 물을 두 모금 마시고 숨을 내쉬었다. 도중에는 거의 그늘이었고 바람도 불어서 여름인데도 그리 덥지 않았다.

그러나 땀을 전혀 흘리지 않고 행군했냐고 묻는다면 그런 건 아니다. 나름대로 몸에서 수분이 빠져나갔다.

"곧 목적지에 도착할 거야. 조금만 더 힘내."

류이사 씨의 말에 모두 "네—." 하고 대답했다. 이상하게 긴장하는 것보단 이게 낫다.

"이렇게 가까운 곳에 동굴이 있을 줄이야."

동굴이라고 해도 산 중턱에 구멍이 뚫린 동굴이 아니라 지면에 생긴 균열 같은 곳이다. 내려가기 위한 밧줄은 필요 없다고 했다.

뭐, 내려가기 위해 밧줄이 필요한 곳이라면 거미가 아닌 한

올라올 때도 도구가 필요하고, 그럴 때 이런 긴급한 상황에 우리가 쓰러트리러 갈 필요가 없다. 우리가 가는 시점에 적어도 출입이 자유로운 상태라고 여겨야만 한다.

“사냥할 땐 주위를 둘러보면서 다니느라 이동하는 것 같지만 실제로는 이동을 거의 안 하거든. 지금은 일직선으로 걷고 있어서 꽤 먼 곳까지 왔을 거야.”

“아아, 그건 그러네.”

물을 꿀꺽꿀꺽 단숨에 마신 사먀가 대답했다. 나는 고개를 끄덕였다. 사냥의 목적은 사냥감을 찾는 것이니 어느 정도의 범위를 결정하고 그 안을 둘러본다.

다음날 회수하는 것도 고려하면 집에서 너무 먼 곳까진 가지 않는 게 당연하다.

게다가 지금은 장비를 입고 있다고 해도 무거운 짐은 전부 쿠루루에게 맡겨서 행군 속도가 빠른 편이다. 생각보다 먼 곳까지 왔을 수도 있다.

그러고 보니 예전에 광석을 찾으러 갔을 때도 평소에는 가지 않을 만한 거리를 이동한 적이 있었지. 그때랑 똑같은가.

10분 정도 휴식을 하고 다시 걷기 시작했다. 걸어감에 따라 처음에는 꽤 자주 들렸던 작은 새나 짐승의 울음소리가 점점 줄어들었다.

이윽고 작은 새의 울음소리가 전혀 들리지 않았다. 적당히 시답잖은 대화를 나누던 우리도 모두 입을 다물었다. 『검은 숲』

에 우리가 이동하는 소리만 울려 퍼졌다.

드디어 가까워졌다는 걸 피부로 느낄 수 있을 때쯤 류이사 씨가 말했다.

"도착했어. 여기야."

바닥에 뻥 뚫린 구멍이 있었다. 생각보다 크다. 이 크기의 구멍이 이어졌다면 쿠루루도 여유롭게 드나들 수 있을지도 모른다. 이번에는 여기서 얌전히 기다리라고 하겠지만.

쿠루루가 짊어진 짐에서 인원수만큼 홰를 꺼내고 불을 붙였다. 구멍에 횃불을 갖다 대자 비스듬하게 내려갈 수 있는 길이 보였다.

"어때?"

"내려갈 수 있을 거야."

만약을 위해 헬렌에게 물어보자 시원스럽게 대답했다. 그렇다면 다 같이 들어갈까. 우리는 얼굴을 마주 보고 고개를 끄덕였다.

"그럼 다녀올게."

나는 입구에서 기다리기로 한 리케와 쿠루루, 루시에게 말했다.

"조심해서 다녀오세요."

"쿠루루루루루루루루."

"왕왕!!"

리케와 쿠루루, 루시가 인사하자 류이사 씨가 생글생글 웃던 표정을 다잡고 우리에게 고개를 끄덕였다.

"미안하지만 나도 여기서 기다릴게. 안에 들어가면 어디에 있는지는 리디가 알 수 있을 거야. 내가 할 말은 아닐지 몰라도 힘내."

"네. 감사합니다."

손을 흔들고 꼬리를 흔들며 배웅하는 자들에게 등을 돌린 우리는 횃불을 들고 동굴 안으로 발을 들였다.

동굴 안은 당연히 어두컴컴해서 불이 비친 범위 외에는 아무것도 보이지 않았다. 안의 공기는 서늘했다. 더운 시기에 반가울 텐데도 어딘가 기분 나쁜 느낌이 들었다.

나와 헬렌이 가장 앞에, 그 뒤로 디아나와 안네, 그리고 사먀와 리디 순서로 들어갔다. 고인 마력을 읽을 수 있는 리디가 이동 방향을 지시했다.

긴 시간을 들여 차분히 신경을 집중한 리디가 큰 목소리로 지시를 내렸다.

"여기서 오른쪽이에요."

리디의 지시에 따라 분기점을 나아간 후 멈춰서서 주변을 경계했다.

류이사 씨의 말에 따르면 고블린 같은 작은 마물이 아니라고 했으나 나중에 발생했을지도 모른다.

그때 횃불의 불꽃이 우리의 등 뒤, 즉, 들어온 쪽을 향해 흔들렸다.

"공기가 흐르는구나."

"…그러게."

내 말을 들은 헬렌이 자기가 든 횃불을 쳐다봤다. 그 횃불도 들어온 방향을 향해 흔들렸다. 적어도 질식할 걱정은 없다.

우리는 천천히 동굴 안을 나아갔다. 쌓이는 불안을 서로를 향한 신뢰로 떨치면서.

우리는 점점 깊숙한 곳으로 들어갔다. 동굴을 나아감에 따라 서늘하고 축축한 바람이 내 피부를 스치는 횟수도 늘어났다.

이런 동굴은 마력이 정체하기 쉽다고 들었다. 내가 따라갔던 원정 때도 여기처럼 바람이 드나들었으나 마력이 정체하기 쉬운 동굴이었다.

"마물이 나오지 않는다면 이런 곳에 음식 재료를 두고 차갑게 유지할 수 있을 텐데. 얼음이 있으면 가지고 돌아갈 수도 있고."

문득 흘린 말에 헬렌이 반응했다.

"차갑게 하면 어떻게 되는데?"

"차가운 곳에 두면 음식을 더 오래 보관할 수 있어."

"헤에."

이 『검은 숲』은 넓다. 찾아보면 더 기온이 낮은 얼음 구멍도 있을 거다.

거기에 직접 보관하거나, 얼음이 있으면 잘라서 가져가 식품을 보존할 수도 있겠지만 이 세계에선 그런 장소에 마물이 발생하기 쉬운 게 흠이다.

우리 집은 마을에서 멀리 떨어져 있다. 밭에서 채소를 수확하거나 사냥을 해서 신선한 고기를 얻을 순 있어도 기본적으로는 건조하거나 소금에 절인 보존식이 중심이다.

만약 얼음으로 식품을 보존할 수 있다면 우리 집 식생활도 폭이 넓어질 텐데.

"겨울이 되면 평소보다 식품을 오래 보존할 수 있지? 그거랑 똑같은 이치야."

"아아, 그러고 보니 정말이네."

"게다가 차갑게 하면 더 맛있는 음식도 있고."

"호오."

일부 과일은 냉장고에 넣어두는 게 더 맛있다.

게다가 아이스크림 같은 건 원래 저온이 아니면 만들 수 없다. 재료를 구할 수 있으면 언젠가 만들어보고 싶은데.

"우리 집에는 냉동실이 있었어."

우리 뒤에 있던 안네가 대화에 끼어들었다. 그야 제국의 궁전이라면 냉동실이 있는 게 당연한가.

"냉동실?"

사먀가 익숙하지 않은 단어를 듣고 고개를 갸웃거렸다. 그러는 동안에도 모두 주위를 둘러보며 기척 탐지를 멈추지 않았다.

"겨울에 눈과 얼음을 가득 채워뒀다가 여름에 꺼내서 쓰는 거야."

"어, 안네네 집에는 그런 게 있구나."

"응."
안네가 고개를 끄덕였다. 사먀는 "와아—." 하고 감탄한 소리를 질렀다.
"디아나네 집은… 없었나 보네. 그다지 놀라지 않는 걸 보면 에이조의 집에도 냉동실이 있었어?"
디아나는 살짝 고개를 저었다. 왕국의 백작 가문에도 냉동실이 없다면 상당히 귀중한 설비인가 보다. 뭐, 겨울에 생긴 눈과 얼음을 여름까지 보존하는 사치를 쉽게 할 수 있을 리 없나.
게다가 내 경우에는 냉동실이 있었냐는 질문에 있었다고 말하는 수밖에 없다. 살짝 크고 좋은 3도어 냉장고였으니까. 그러고 보니 그 냉장고, 전에 쓰던 게 고장 나서 새로 산 지 얼마 안 된 거였는데….
"우리 집에는 없었지만 아는 사람 집에는 있었어."
나는 일단 그렇게 말했다. 아마 날 상급 귀족 출신이라고 여기고 있으니 괜찮겠지. 그런 내 의도가 통했는지, 아니면 다른 생각을 하는지 안네가 "흐응." 하고 대답했다.
우리의 시시한 이야기를 가로막듯 리디가 긴장한 목소리로 말했다.
"…근처에 있어요."
바로 앞에 분기점이 보여서 태세를 가다듬으려고 하던 참이었다.
지금까지는 어느 길에 있는지 특정하는 데 시간이 걸렸는데,

그 시간이 점점 짧아지더니 드디어 분기점을 보지 않고도 알 수 있게 됐다.

그래, 드디어. 만약을 위해 후각이 뛰어난 사마를 앞에 세워 냄새를 확인했다.

이윽고 사마가 작은 목소리로 말했다.

"냄새는 안 나… 하지만 기척은 어렴풋이 알겠어."

마물은 생물을 보면 죽인다. 그러나 먹진 않기에 깜빡 잘못해서 길을 잘못 들어 죽은 생물이 있으면 그와 관련한 냄새가 난다. 만약 트롤이 생물에게 쓰러졌다면 그 생물의 냄새가 날 거다.

그 모든 경우가 아니라 기척만 난다는 건 아마 트롤이 이 앞에 건재하다는 뜻이다.

"지금 최종 확인을 하자."

헬렌이 목소리를 낮추고 소곤소곤 말했다. 이미 부스럭거리는 소리가 들렸을 테니 뒤늦은 행동이었으나 일부러 큰 목소리로 대화할 필요도 없다.

고개를 끄덕인 우리는 본인의 주위를 확인했다. 조금 후 다시 얼굴을 마주 보고 고개를 끄덕인 후 어제 연습한 대형을 맞춰 섰다.

"좋아, 그럼 계획했던 대로 가자. 전진!"

헬렌이 호령했다. 우리는 흥분한 상태로 소리 없이 결전장에 발을 내디뎠다.

5장
작은 군대

우리는 동굴을 걸어갈 때와는 대형을 바꿔 나와 헬렌이 선두에, 다음이 사먀와 리디, 안네와 디아나 순서로 깊숙한 곳을 향해 나아갔다.

다들 입을 다물었으나 말하지 않아도 보폭을 맞췄다. 지금 우리를 보면 마치 작은 군대 같았다.

그대로 동굴의 통로를 빠져나왔다. 통로 끝은 어떤 요인에 의해서인지 어렴풋이 밝았다. 흐릿하지만 넓은 공간 같았다.

"윽."

소리를 낸 사람은 나였을까, 아니면 다른 누군가였을까. 그만큼 무의식적으로 소리가 나왔다. 냄새 때문이 아니다. 농밀한 무언가의 기척. 리디에게 확인해볼 필요도 없었다. 분명 여기에 **존재**했다.

"횃불!"

날카롭지만 침착하고 냉정한 헬렌의 목소리가 공간에 울려 퍼졌다. 가족들이 횃불을 던졌다. 던진 횃불이 바닥에 떨어지며 주위를 밝혔다.

공간이 단숨에 밝아졌다.

아마 이 공간에 발광이끼 같은 식물이 자라나 보다. 발광이끼(가칭)에 의해 우리가 가지고 있던 횃불의 빛이 반사, 증폭해서 벽면과 지면의 일부가 빛났다. 더 어두운 환경에서의 전투를 각오했는데 너무나 고마웠다.

공간은 넓은 홀 같았다. 천장은 발광이끼(가칭)가 그리 자라지 않았는지 어두워서 높이를 알 수 없었으나 넓이는 꽤 넓었다. 안쪽까지 빛이 제대로 닿지 않았다.

바닥은 다소 요철이 있는 정도로, 뛰거나 그 자리에서 버티기에는 지장이 없어 보였다.

그리고 그 공간 중앙에 거구의 마물이 우뚝 서 있었다. 트롤이다. 울퉁불퉁한 피부가 자칫하면 비만 체형으로 보일 수 있는 몸을 덮었고 옷은 입지 않았다.

키는 안네보다 훨씬 컸다. 손에는 어디서 주워온 건지 암석 소재의 곤봉을 들고 있었다.

코는 없지만 콧구멍 같은 구멍이 있고, 고르지 못한 이를 드러낸 안면에는 무려 눈이 없었다.

"햇빛에 약체화한다기보단 눈이 없어서 밖에 나가면 불리한 건가."

나는 혼잣말처럼 중얼거렸다. 눈의 유무는 원거리에서 빠르게 사냥감과 적을 발견할 수 있는지 없는지도 달렸다. 밤에는 어떨지 몰라도 낮에 태평하게 밖에 나갔다간 뭇매를 맞을 거다.

생물이 아니라 마력에서 태어난 마물이라 눈이 없는 게 진화의 과정에 의한 산물인지는 모르겠다. 홉 고블린도 감각기관을 사용하는 것 같았는데, 그런 점은 생물과 공통적이라 다행이다.

이유는 모르겠으나 트롤은 어째선지 이 상황에도 멍하니 서 있었다. 몸이 우리가 보기에 대각선 방향을 향했다. 사격하는 데 지장은 없을 것 같았다.

"적이다! 사격 준비!"

상대가 태세를 갖추길 기다려줄 의리는 없다.

목표를 인식하고 헬렌이 호령했다. 나와 헬렌은 좌우로 갈라졌다. 그 사이로 사먀와 리디가 활을 들고 앞에 나섰다. 뒤에서 철컹거리는 소리가 났다. 안네가 투창을 준비하고 있나 보다.

사먀와 리디는 활에 화살을 메기고 현을 잡아당겼다. 활 두 개가 팽팽하게 힘을 축적했다.

"쏴!"

헬렌의 호령에 화살 두 개가 공간을 찢듯이 날아갔다. 화살은 훌륭하게 트롤의 머리에 명중하여 깊이 박혔다.

"갸아아아아아아아아아아아!!!"

트롤이 거구에 어울리지 않게 공기를 찢는 듯한 비명 같은 포효를 질렀다. 이대로 쓰러진다면 어이는 없겠지만 가장 바람직한 전개다.

그러나 옅은 기대는 산산조각이 났다. 트롤은 콧구멍을 움직이며 우리가 있는 쪽으로 눈이 없는 머리를 향했다.

"꺄아아아아아아아아!!!"

조금 전과는 다른 포효를 질렀다. 자세히 보니 귓불도 없다. 아마 후각만으로 우리를 파악했나 보다. 쿵, 소리를 내며 우리 쪽으로 몸을 돌렸다.

"칫, 물러나라!"

헬렌이 혀를 차며 호령했다. 사먀와 리디는 호령에 따라 재빨리 뒤로 물러났다. 트롤은 이쪽을 향해 또 한 걸음을 내디뎠다.

"엎드려!"

사먀와 리디가 우리보다 뒤로 물러난 걸 확인하고 헬렌이 다음 지시를 내렸다. 나와 헬렌은 재빨리 몸을 굽혔다.

그 직후 붕, 하는 낮은 소리와 함께 트롤을 향해 은색 빛 한 줄기가 날아갔다. 이쪽으로 오려고 하던 트롤의 배에 빛이 꽂혔다. 세 번째 포효. 듣기에 기분 좋다고 할 수 없는 소리가 귀를 때렸다.

"앞줄 전진! 녀석의 비명만이라도 막을 순 없겠나—!"

헬렌이 호령한 것과 동시에 지긋지긋한 표정으로 불평을 흘렸다.

일어선 나는 창을 들고 앞으로 나아가며 헬렌을 돌아봤다.

"동의하지만 불가능하겠지."

"아쉽군!"

헬렌은 내게 속도를 맞춰 앞으로 나아가며 말했다. 아직 불평하며 대화할 여유가 있으니 괜찮겠지.

트롤은 곤봉을 잡지 않은 손으로 배에 꽂힌 투창을 뽑았다. 혈액이 흐르는 생물이 아니라 피는 나오지 않았다.

피를 흘리지 않는 건 사전에 알고 있었지만 뻥 뚫린 구멍이 순식간에 막히는 광경은 예상하지 못했다.

"정체된 마력으로 회복했어요!"

우리 뒤에서 리디가 말했다. 홉 고블린도 마력으로 회복했으나 이렇게까지 빠르진 않았다.

"칫, 성가시군."

헬렌이 투덜거렸다. 나는 고개를 끄덕이며 외쳤다.

"리디! 마력은 어때!"

"조금 줄어들었어요!"

리디의 대답을 듣고 다소 안도했다. 계속 공격해서 마력을 줄이면 언젠가 쓰러트릴 수 있다는 뜻이다.

"회복이 빨라서 그런지 몰라도 녀석이 가진 마력도 무한하진 않아."

"어떻게 할까?"

헬렌을 쳐다보자 눈이 『네게 맡길게.』라고 말했다. 실제로 여기서 재정비를 꾀한다는 선택지도 있다. 생각해볼 만한 문제지만 망설일 시간이 없다.

"지금 여기서 쓰러트리자."

"알겠어."

헬렌이 싱긋 웃으며 동의했다. 상처가 아문 트롤이 우리를 향해 뛰어왔다.

덩치에 비해 속도가 빨랐다. 그러나 어제 하루이긴 해도 우리는 『신뢰』의 공격을 막았다는 자신감이 공포심을 이겼다.

“멈춰!”

헬렌의 날카로운 호령. 우리는 발을 멈췄다. 트롤이 바로 앞까지 다가왔다.

우리는 헬렌의 다음 호령을 기다렸다. 곧 헬렌이 외쳤다.

“지금이야!”

호령과 동시에 헬렌의 모습이 사라졌다. 훈련할 때와는 차원이 다른 속도로 단숨에 트롤과의 거리를 좁혔다.

원래는 어둠 속에서 행동하는 마물이다. 후각과 피부 감각만으로 상대를 파악하고 재빠르게 움직여 공격할 거다.

그러나 지금 헬렌은 두 감각만으로는 파악할 수 없을 만큼 빨랐다.

트롤을 향해 푸른빛 두 줄기가 번쩍였다. 트롤이 제대로 반응할 시간도 주지 않고 곤봉을 든 오른팔 팔꿈치부터 아래를 베어 떨어트렸다.

잘린 팔은 그대로 공기에 부슬부슬 녹듯이 사라졌다.

“좋아!”

디아나의 목소리가 울려 퍼졌다. 저 공격만으로 쓰러트릴 순 없다 하더라도 녀석이 가진 최대 공격 무기를 없앴다면 더할 나위 없다.

그렇게 생각했는데.

"어렴풋이 그러지 않을까 생각은 했지만 말이야!"

나는 뛰어가며 말했다. 트롤이 거슬리는 포효를 지른 후 오른팔 팔꿈치부터 아래가 주르륵 자라났다. 뒤에서 리디가 숨을 삼켰다.

이전 세계의 애니메이션에선 몇 번 본 적이 있는데 **진짜**를 보니 굉장히 충격적인 광경이었다.

"마력을 대량으로 사용했어요!"

리디의 목소리가 울려 퍼졌다. 마물은 여기에 고인 마력으로 부상을 회복한다. 내가 홉 고블린과 싸웠던 때도 살짝 베인 상처 정도는 회복했었다.

물론 이번에는 그런 수준이 아니다. 동굴 안에 고인 마력을 대량으로 사용해서 빠른 속도로 회복했다.

배에 꽂힌 창 구멍이 바로 아문 것도 착각이 아니라 같은 이치로 회복한 게 틀림없다. 고블린처럼 작은 개체가 솟아나지 않은 것도 이런 이유에서가 아닐까. 일부러 실험해볼 마음은 조금도 없지만.

이 동굴에 정체된 마력이 얼마나 남아있는지 몰라도 그 마력이 전부 사질 때까진 계속 회복할 가능성이 있다. 되도록 지구전은 피하고 싶은데….

집을 나오기 전 내 예상이 너무나 만만했음을 깨닫고 화가 났다. 도시락도 포함해서 조금 더 준비해올 걸 그랬다. 다들 강하고, 나도 그럭저럭 강한 편이라 의외로 쉽게 쓰러트릴 수 있을 거라고 마음속 어딘가로 우습게 여기고 있었을지도 모른다.

나는 고개를 저었다. 반성은 나중에 하자. 지금은 이 녀석을 쓰러트리는 데 전념해야만 한다.

"헬렌!"

"나도 알아!!"

둔한 신음을 지르며 휘두르는 트롤의 왼팔을 재빨리 피한 헬렌이 다시 팔을 베었다.

이번에는 어깻죽지부터 깨끗하게 잘랐다. 트롤이 회복을 우선시할 줄 알았는데, 남은 오른팔을 휘둘렀다.

그러나 날카로운 소리와 함께 팔에 화살이 꽂혔다. 사먀와 리디 둘 중 한 사람이다. 훈련한 성과가 있었다.

트롤이 고통에 찬 소리를 지르며 팔을 휘두르는 동작을 멈췄다. 그건 그렇고 저 목소리, 정말 듣기 싫은데. '손톱으로 칠판을 긁는 소리' 수준으로 불쾌하단 말이지….

그 틈을 놓칠 헬렌이 아니었다. 세 번째로 팔을 베어 떨어트렸다. 트롤은 울부짖으며 두 팔을 부활시켰다. 그러나 어째선지 여기에 들어왔을 때와 같은 압박감은 들지 않았다.

트롤의 두 팔이 다시 자라난 직후, 나와 디아나는 창으로 트롤을 찔렀다. 약간의 저항감뿐 창은 트롤의 몸에 파고들었다.

디아나는 어느 정도 찌른 후 트롤의 몸에서 창을 빼고 물러났다. 헬렌은 쉽게 베는 것처럼 보였으나 저 팔에 맞으면 무사하지 못할 거다. 되도록 거리를 벌리고 싸워야만 한다.

한편 나는 가능한 한 창을 깊이 찔렀다. 위험한 건 나도 마찬가지라도 조금 전에 봤던 팔의 속도라면 어떻게든 피할 수 있을 것 같았다. 그렇다면 되도록 대미지를 입혀야만 한다.

트롤을 배면 떨어져 나간 부분은 사라진다. 그리고 그 부분을 부활시키는 데 마력을 소모한다.

다소 지구전이 되어도 늘 마력을 소비하는 상태로 몰아가려면 트롤의 몸을 베는 게 효율이 높을 것 같았다.

깊이 찌른 창에서 손을 떼고 허리에 차고 있던 우스코오리를 뽑았다. 헬렌이 가진 두 자루에 칼을 하나 더 추가했다.

움직임이 약간 둔해진 트롤은 디아나가 뚫은 몸의 구멍을 막고 내가 찌른 창을 뽑으려고 했다. 그 순간 헬렌이 왼팔과 왼쪽 다리를, 내가 창을 잡은 오른팔을 베었다.

트롤은 견디지 못하고 균형을 잃었다. 그 순간을 확인하고 오른쪽 다리를 베었다. 나도 자세가 좋지 않았는지 베어 떨어트리진 못했으나 깊은 상처를 입혔다.

헬렌이 날카롭게 숨을 내쉬는 소리가 들렸다.

"훗."

그 순간, 트롤의 머리가 몸통과 눈물의 이별을 했다.

지금까지 서 있었던 트롤이 커다란 소리를 내며 바닥에 쓰러졌다.

"안네!"

헬렌의 날카로운 목소리. 안네가 "훗." 숨을 내쉬고 대검을 휘둘렀다. 머리와 팔다리가 없는, 유일하게 남은 오른쪽 다리도 움직이지 못하는 상태에선 피할 방법이 없다. 안네의 대검이 트롤의 몸통 중 평범한 생물이라면 심장이 있는 부근을 베었다.

나는 가족들에게 조심하라고 외쳤다.

"방심하지 마! 쓰러지면 전부 소멸할 거야!"

모두 고개를 끄덕인 후 두 동강 난 몸통을 조심스레 둘러쌌다. 한동안 마른침을 삼키며 지켜봤으나 사라진 건 몸통의 아래쪽 절반뿐이었다. 그렇다는 건 즉….

주르륵, 사라졌던 몸통이 다시 생겼다. 잠시의 틈도 주지 않고 안네의 대검이 트롤의 몸을 다시 베었다. 어떤 조건으로 재생하는지 모르겠으나 절단된 상체의 목에서 머리가 새로 돋았다.

그쪽은 헬렌이 엄청난 속도로 다시 베어버렸다. 트롤이 소리를 지르는 게 어지간히 싫었나 보다. 물론 나도 동의하는 바지만.

여러 차례 몸통을 베어도 하반신이 재생하는 경우는 없었다.

이건 거의 이긴 거나 다름없다. 재생하기 전에 나, 헬렌, 안네 중 누군가가 자라난 부분을 베어 떨어트렸다. 팔만 남은 상태에서 활동할 가능성도 있으나 그건 디아나의 창과 사먀와 리디의 활에 맡겼다.

트롤은 모든 부위를 동시에 재생하기도 했다. 그러나 몸통을 안네가, 한쪽 팔을 내가, 나머지 한쪽 팔과 머리를 헬렌이 재빨리 베어 떨어트리자 이윽고 '팔다리가 나오지 않는' 상태가 됐다.

"이 녀석, 대체 언제까지 부활하는 거야…."

헬렌이 불평을 터뜨렸다. 그녀가 목을 벤 게 벌써 몇 번째인지 모르겠으니 당연하다.

승패가 결정됐으니 전투가 언제까지 이어지는지는 상관없다. 트롤이 흔적도 없이 사라질 때까지 전투 자체는 계속됐다.

다행인 점은 마물이라 피가 나오지 않고 '죽은' 부위는 사라진다는 점이었다.

만약 평범한 생물이었다면 벨 때마다 잘린 부위가 남거나 주위가 말 그대로 피바다가 됐을 거다.

그렇다고 해도 여러 번 보고 싶은 광경이 아니라는 것도 확실했다.

"야압!"

이것도 몇 번째인지 모르겠다. 안네가 대검을 휘둘렀다. 또다시 정확히 조준하지 않고 몸통을 두 동강 냈다. 안네의 공격에 부활이 조금 느려진 것 같았다.

이대로 우리가 트롤을 쓰러트리는 게 빠를지, 우리의 체력이 고갈되는 게 빠를지 모를 지구전에 접어들어 승부의 행방이 수상해졌다.

나도 우스코오리를 휘둘러 시간 차이를 두고 새로 생긴 팔을 베었다. 그때 문득 위화감을 느꼈다.

"좀 느리게 자라나나?"

"그러게."

내가 의문을 말하자 이번에는 헬렌이 더욱 시간 차이를 두고 생긴 머리를 베며 동의했다. 그렇다면….

"리디!"

"많이 줄었어요!"

크게 소리쳐서 리디에게 확인하자 생각했던 그대로의 대답이 돌아왔다.

트롤은 주위에 고인 마력으로 몸을 재생한다. 재생력의 근원이 되는 마력이 줄어들면 과연 어떻게 될까….

"슬슬 끝날 거야!"

"응!"

헬렌을 향해 말했을 때, 그녀는 다시 자라난 머리를 베던 중이었다.

"어?!"

헬렌의 검이 날리려고 하던 목 근처에서 멈췄다.

아니, 조금 파고들었다. 파고들었으나 지금까지 전부 일격으로 베었던 것처럼 베어 떨어트릴 수 없었다.

"젠장!"

헬렌은 검을 뽑고 뒤로 물러났다. 목에 생겼던 상처가 점점 아물었다.

"어떻게 된 거야?!"

"모르겠어!"

헬렌의 비명과도 닮은 외침에 나는 큰 목소리로 대답했다.

설마 헬렌이 지쳐서 실수한 걸까? 아니, 헬렌에 한해선 그럴리 없다. 오늘도 지금까지 몇 번이나 반복했던 일이다. 아무리 피곤해도 여유롭게 목을 벨 수 있었을 거다.

게다가 그녀의 반응이 실수가 아니었음을 드러냈다.

트롤은 이번에는 팔을 재생하기 시작했다. 나는 황급히 우스코오리를 휘둘렀다. 이것도 오늘 몇 번째인지 모르게 반복했던 움직임이다.

이대로는 확실하게 베어 날려버릴 수 있다. 나는 확신하며 팔을 베려고 했다.

그러나 우스코오리의 칼날이 트롤의 팔 중간에선 더 나아가지 않고 멈췄다. 힘을 줘도 그 이상 칼날이 들어가지 않았다.

나도 헬렌과 똑같이 우스코오리를 뽑고 트롤의 팔에서 멀어졌다. 그러자 목과 똑같이 팔의 상처도 아물었다.

나와 헬렌은 그대로 몇 번이나 목과 팔을 베었다. 그러나 역시 몸에서 떼어낼 수 없었다. 그뿐 아니라 조금씩 칼날이 파고드는 깊이도 얕아졌다.

"이건…."

헬렌 쪽을 쳐다보자 그녀도 고개를 끄덕였다. 나와 똑같은 생각을 하고 있다.

"내성이 생겼을지도 몰라! 이대로는 상황이 악화할 거야!"

헬렌이 외쳤다. 나와 헬렌 외의 가족들은 어떻게 해야 할지 몰라 당황했다.

"안네! 때려눕혀!"

안네는 순간 당황한 표정을 지었으나 곧 고개를 끄덕이고 양손 검을 내려찍었다.

칼날 부분이 아니라 폭이 넓은 면 부분이다.

신음을 지르며 바닥에 엎어진 트롤의 몸통에서 새로 돋은 팔을 짓이겼다. 머리는 완전히 부활하지 않았는지 귀에 거슬리는 외침이 들리지 않아서 다행이다.

"역시나."

지금까지 치명상은 늘 참격으로 입혔다. 마지막 순간에 트롤이 참격에 내성을 가졌다고 생각하면 안네의 일격으로 팔을 쉽게 짓이긴 것도 이해가 됐다.

즉, 지금은 때리는 공격이 유효한 상태다.

그러나 지금 안네가 가진 양손 검으로 온몸을 짓이기려면 여러 번 때려야 한다.

게다가 이번에는 때리는 공격에 내성을 획득할 거다. 화살과 창 등 찌르는 무기로도 내성을 획득할 만큼 공격해야만 한다.

"제길, 어떻게 해야 하지…."

나는 혼잣말처럼 중얼거렸다. 우물쭈물하면 트롤이 점점 신체를 회복할 거다.

"여기까지 왔는데…."

누가 중얼거린 말일까. 나도 같은 심정이었다.

"후퇴하자!"

고요해진 동굴 안에 헬렌의 목소리가 울려 퍼졌다.

"리디! 녀석이 완전히 부활할 때까지 시간이 걸릴 것 같아?"

헬렌이 리디를 돌아보며 물었다. 리디는 세차게 고개를 끄덕였다.

"네! 여기에 고인 마력을 많이 소비했으니 적어도 하루는 걸릴 거예요!"

"좋아! 그럼 후퇴해서 재정비하자! 대응 방법은 나중에 생각하고 일단 후퇴!"

다시 울려 퍼진 헬렌의 목소리에 모두 고개를 끄덕였다.

트롤의 모습을 지켜보며 재빨리 후퇴 준비를 하고 동굴에서 되도록 빨리 빠져나가기 위해 발을 움직였다.

우리는 시합에서 이겼는데 승부에서 진 기분, 즉, 최악의 기분으로 동굴을 나왔다.

동굴에서 나오는 길은 비교적 원활했다. 곁눈질하지 않고, 마물이 발생하지 않았는지 경계하지 않고 나왔기 때문이다.

실제로 갈 때와 똑같이 위험한 일은 없었으나 마주쳤다고 하더라도 순식간에 쓰러트렸을 거다.

이윽고 전방에 횃불의 불꽃이 아닌 빛이 보였다. 그림자 넷이 빛을 등지고 서 있었다. 리케와 쿠루루, 루시, 류이사 씨다.

넷 다 우리를 발견하고 순간 환한 표정을 지었으나 우리의 모습을 봤는지 곧 곤혹스러운 얼굴로 바뀌었다.

"혹시 못 쓰러트리셨나요?"

리케가 머뭇머뭇 물었다. 나는 살짝 고개를 끄덕여 긍정했다.

"도중부터 사지를 베려고 해도 칼날이 들어가지 않았어. 아마 베는 공격에 내성이 생긴 것 같아."

내 대답을 듣고 류이사 씨가 한쪽 눈썹을 치켜올렸다.

"이런 이야기를 들어본 적 있으세요?"

류이사 씨는 고개를 갸웃거렸다.

"아니, 지금까지 그런 트롤 이야기는 들어본 적이 없는데…."

"그런가요?"

류이사 씨가 다시 고개를 끄덕였다.

"만약 그렇다면 거대 흑곰 여러 마리가 덤벼도 쓰러트릴 수 없었겠지?"

"아아, 듣고 보니 그러네요."

"뭐, 그땐 내가 대처하겠지만. 그건 차치하고 트롤에게 그런 사태가 일어난 적은 없었어."

"즉, 변이했다는 건가요?"

"아마 그럴 거야."

류이사 씨의 말에 우리는 말을 잃었다. 어떻게 대응해야 할까….

이대로 류이사 씨에게 맡겨야 하나? 아니, 그것도 좀 아닌 것 같았다.

"잠깐만."

내 입에서 무의식적으로 튀어나온 말에 가족들의 시선이 모였다.

"때리는 건 효과가 있었지?"

"응."

헬렌이 고개를 끄덕였다. 그녀도 최전선에서 상황을 봤으니 알고 있다.

"그렇다면 일격에, 혹은 몇 번 때리면 가루를 낼 수 있는 무기를 만들어서 공격하면…."

"흠, 그런 무기가 있으면 쓰러트릴 수 있을지도 몰라!"

디아나가 짝, 손뼉을 쳤다.

"문제는 그런 무기를 만들 수 있을지에 달렸는데…."

헬렌이 작게 말했다. 나는 싱긋 웃었다.

"날 누구라고 생각하는 거야?"

치트의 힘을 빌리긴 해도 필요한 무기가 제작 가능한 물건이라면 뭐든 만들 수 있어. 치트든 뭐든 이용해서 결과를 거머쥐기만 하면 된다.

"스승님이라면 만드실 수 있을 거예요!"

리케가 명랑한 목소리로 말했다. 가족들 사이에 살짝 웃음이 돌아왔다.

"수리 도구를 가지고 왔으면 좋았을 텐데."

간이 화로와 판금이 몇 개 있으면 그 자리에서 만들 수 있었을지도 모른다.

이번에는 무기가 부서지면 후퇴하기로 해서 챙겨오지 않았다. 음식도 거의 가지고 오지 않았다.

만약 여기서 하루를 보낼 수 있을 만큼 준비를 해왔다면 헬렌과 쿠루루가 한달음에 집으로 돌아가 가지고 올 수 있었을 텐데.

그러나 후회해봤자 어쩔 수 없다. 할 일이 정해졌으니 결과를 향해 나아가야만 한다.

"그럼 바로 만들러 가자. 류이사 씨, 내일 다시 뵙기로 하죠."

"응? 아, 응."

그 말을 남기고 우리 가족은 집으로 돌아갔다. 이기진 못했지만 비장함은 그리 크지 않았다.

"다시 준비하느라 바쁠 거야."

집에 도착하자 날이 저물었다. 아침 일찍 출발했는데 동굴을 탐색하고 전투를 하고 돌아왔으니 나름대로 시간이 지났다.

쿠루루와 루시는 디아나와 리디에게 맡기고 나는 곧바로 대장간에 들어가 화로에 불을 넣고 풀무에 마법으로 바람을 넣었다.

내 마법은 물론이고 리디의 마법으로도 온도를 바로 올릴 수는 없다. 그래서 그동안 작전 회의를 했다.

"크기는 어느 정도가 괜찮을까?"

"나랑 에이조, 안네가 들 수 있는 무게에서 가장 크게 만들어야지."

"그렇다면 아슬아슬하게 휘두를 수 있을 만한 무게로 만들어야겠네."

셋이서 판금을 놔둔 곳으로 가 손으로 판금을 들어봤다. 이윽고 각자 '이보다 무거우면 휘두르기 힘든' 무게에 맞춰 판금의 양을 정했다.

참고로 판금의 수가 가장 많은 사람은 헬렌이었다. 다음이 나, 그리고 안네가 근소하게 적었다.

헬렌은 나보다 가녀려도 팔에 근육이 탄탄하게 붙었다. 그러나 어디서 그만한 근력이 나오는지는 가끔 신기할 때가 있다.

"몸을 쓰는 방법에도 차이가 있거든."

예전에 그런 말을 한 적이 있는데, 그것만이 아닌 것 같았다. 아니, 지금은 이런 생각을 할 때가 아니지.

"좋아, 그럼 만들어볼까!"

나는 팔을 빙글빙글 돌리며 기합을 넣었다. 다들 "오—!" 하고 의기양양하게 외쳤다. 이 분위기 그대로 단숨에 해치워버리자.

"이런 모양으로 만들까 하는데, 어때?"

나는 종이에 대충 스케치하고 가족들에게 보여줬다. 만들려고 하는 무기는 파리채에 파리를 잡는 부분을 길게 늘인 모양이다.

때리는 데 특화한 모양으로, 그 외에는 쓰기 불편하기도 하고 이대로는 평범한 무기로 쓰기 힘들 것 같아서 이번 토벌이 끝나면 금속을 녹여 다시 판금으로 만들 예정이다.

즉, 녀석을 몇 번 두들겨 패는 동안만 버티면 되는 무기라 외형에는 전혀 신경 쓰지 않았다.

만들 모양을 설명하자 리케가 고개를 갸웃거렸다.

"곤봉이나 메이스를 만드시는 게 아니었나요?"

"그것도 생각은 해봤는데."

손에 드는 타격 무기 중에는 곤봉과 메이스가 유명하다.

이번 경우에는 창처럼 긴 자루로 공격하기 위한 머리(여기저기에 돌기가 돋아난 흉악한 외형)가 달린 걸 만들까 고민도 해봤다.

그러나 이번에는 충격을 주고 뼈를 부수는 게 아니라 육체 그 자체를 짓이겨야 한다. 그렇다면 무기의 면적이 넓어야 한다.

따라서 이번에 한해서는 이 형태가 괜찮을 것 같다고 설명했다.

"그렇군요."

리케가 눈을 반짝이며 손뼉을 쳤다.

"뭐, 정말 이번에만 쓰는 거라 모양이 별로 좋진 않지만…."

"괜찮아요!"

불쑥 몸을 내민 리케가 강하게 주장했다. 리케에게 괜찮다는 말을 듣고 나도 자신감이 생겼다.

"좋아, 그럼 시작하자."

리케에게 받은 마음의 불꽃이 사라지기 전에 작업을 해치워 버리자.

이번에 만드는 무기는 외형이나 정밀도에 신경 쓰지 않아도 된다. 될 수 있는 한 크고 단단하게 만들면 된다.

그렇다면 내가 가진 치트를 전부 써도 된다. 다소 시간이 있다고 해도 느긋하게 만들어도 된다는 뜻은 아니다. 따라서 최대한 빠른 속도로 작업에 들어갔다.

물론 이렇게 큰 무기를 나 혼자 두드려 만들기에는 치트가 있어도 힘들었다. 그래서 리케에게도 도움을 받기로 했다.

고맙게도 리케는 "이것도 수행이죠."라고 기뻐했으나 그녀의 호의에 기대기만 해선 안 된다.

그리고….

"스승님! 빠르시네요!!"

리케가 외치며 빠른 속도로 망치를 휘둘렀다. 망치로 내려칠 부분은 내 지시에 따르고 있으나 말로 지시를 내릴 만큼 여유롭지 않았다. 나 역시 빠르게 망치를 움직이며 판금을 펼 부분을 가리켰다.

즉, 리케는 본인이 든 망치를 위로 드는 동안 내가 망치로 가리킨 곳을 보고 다음에는 어디를 내려쳐야 하는지 판단해야만 한다. 굉장히 어려운 일이다.

평소에는 일반적으로 망치질을 해도 퀄리티가 3, 속도가 7 정도인데 지금은 속도가 9, 퀄리티가 1 정도의 비율로 굉장히 빨랐다.

리케는 그 어려운 일을 훌륭하게 해냈다. 작업이 끝난 후 리

케에게 물어보자.

“전 전투에 참여할 수 없으니까요. 이런 부분에서 더 노력해야죠.”

리케가 이렇게 대답했다. 정말 좋은 제자야. 진심으로 그렇게 생각했다.

하나를 만드는 동안 다음 판금을 화로에 넣어 달구고 온도가 올라가면 모루로 가져와 계속 두드려서 넓게 폈다.

마지막에 손잡이 부분을 금속 봉 모양으로 가공하고 가죽을 감았다. 정말 이번 토벌만을 위한 무기다.

그래도 세 개를 만들면서 나름대로 시간이 걸렸다.

마지막 하나의 완성을 앞뒀을 땐 벌써 밤이 깊었다. 나는 다른 가족들을 억지로 재우러 보낸 후 혼자 마무리 작업을 했다.

그렇게 마지막 하나에도 가죽끈을 감고 있는데, 대장간과 안채를 잇는 문이 열렸다. 흘끗 쳐다보자 사먀가 얼굴을 내밀고 있었다.

“왜 나왔어? 빨리 자야지.”

사먀는 내일 나와 헬렌, 안네가 트롤과 싸우기 전까지 화살로 견제하는 역할을 맡는다. 화살 조작은 당연히 집중력이 필요하다. 수면 부족 상태로는 불가능하다.

“에이조는.”

대장간에 들어온 사먀가 말했다.

“왜 그 녀석과 싸우는 거야? 내버려 두고 다른 곳을 찾으면 되잖아?"

나는 가죽을 감으며 대답했다.

"음, 여기가 아니면 대장장이 일을 잘할 수 없다는 이유도 있어. 하지만 그것보다."

"그것보다?"

"가족의 고향이잖아. 당연히 도와줘야지 않겠어?"

나는 사마를 보며 말했다. 이『검은 숲』은 내가 원해서 온 장소가 아니다. 그래도 나름대로 시간을 보냈고, 무엇보다 첫 가족인 사마의 고향이다.

가족의 고향에 성가신 문제가 발생했다면 되도록 도와주고 싶은 마음이 드는 게 평범하다고 생각했다.

"그렇구나…."

사마가 고개를 숙인 채 작게 말했다. 목소리에 기쁨이 배어 나온 것처럼 들린 건 내 자만일까.

"이제 잘래!"

크게 외친 사마가 문을 거칠게 닫고 안채로 들어가 버렸다.

"와하하, 이거 좋은데."

출발 전, 헬렌은 매우 큰 무기(이전 세계의 만화에 나올 법한 대검 같은 크기였다)를 정원에서 붕붕 휘둘렀다.

어쩌면 조금 더 무겁게 만들어도 괜찮지 않았을까, 라는 말은 꾹 참았다. 아마 헬렌의 속도를 유지하려면 저 무게가 한계

일 거다.

저렇게 큰 무기를 들고 속도를 유지할 수 있는 헬렌의 힘이 대단하다는 건 이제 와서 말할 필요도 없다.

동굴 입구까진 우리끼리 갔다. 이윽고 다시 도착한 동굴 입구에 류이사 씨가 기다리고 있었다.

"오래 기다리셨어요?"

"아니, 괜찮아. 애초에 시간 개념이 희박해서."

"아아, 그러시군요."

『대지의 용』의 일부로서 영원한 시간을 살아가다 보면 하루 정도는 오차 수준일까.

이번에도 리케와 쿠루루, 루시는 입구에서 기다리기로 했다. 쿠루루의 등에 실은 보급품을 내리고 준비를 끝냈다.

이번에는 하루 정도는 여기서 행동할 수 있을 만한 식량과 이번에 만든 무기를 수리할 수 있는 간이 도구(이동식 화로와 화로에 쓸 목탄, 작은 모루와 망치)도 가지고 왔다. 이 짐은 내리긴 했으나 동굴에 가지고 가진 않을 거다. 쓸 수 있게 준비해둘 필요도 없다고 리케에게 말해뒀다.

식량과 도구는 어디까지나 긴급 시에 대비해서 챙겨왔다. 어지간하면 쓰지 않고 다시 가지고 돌아갈 예정이고, 무엇보다 준비해두면 왠지 쓰게 될 것 같아서 불안했다. ―말하자면 길흉을 따진 결과다.

"그럼 힘내."

어제보다 조금 더 진지한 표정을 지은 류이사 씨가 말했다. 고개를 끄덕인 우리는 리케와 쿠루루, 루시의 성원을 등지고 두 번째 전투를 향해 발을 내디뎠다.

결국 트롤은 어떤 패턴에서든 완벽하게 대응하는 우리의 공격에 꼼짝도 할 수 없었다.

마주친 트롤의 몸은 완전히 부활하여 처음 만났을 때와 똑같이 서 있었다. 우리는 트롤을 향해 화살을 쏘아 견제했다.

트롤은 아직 완전히 움직일 순 없는지 비틀비틀 우리를 향해 다가왔다. 다시 화살을 쏴서 견제하며 트롤의 움직임을 막았다.

그 순간을 못 본 척해줄 의리는 없다.

"훗."

손에 든 무거운 무기를 빠른 속도로 움직이며 공격한 헬렌이 짧게 숨을 내쉬며 무기를 휘둘러 한쪽 다리를 부쉈다. 트롤은 여전히 듣기 거슬리는 절규를 지르며 균형을 잃고 쓰러졌다.

그때 나와 안네가 무기의 무게에 휘청거리면서도 트롤에게 타격을 가했다.

"영… 차!"

부웅, 낮은 소리를 내며 무기를 내려쳤다. 이번에는 팔과 다른 한쪽 다리가 부서졌다.

이어서 헬렌이 승리를 굳히듯 연속으로 트롤을 마구 때려 점점 원래 상태를 유지하는 부분이 줄어들었다.

우리의 타격에 산산조각이 난 트롤의 몸이 사방으로 흩어졌다. 이전 세계에서 본 애니메이션에 이런 장면이 있었던 것 같은데. 그건 로봇이 나왔지만.

생물과 달리 피가 튀지 않아서 정말 다행이야…. 피에 젖어 더러워졌다면 굉장히 침울했을 거다. 지금도 절규를 듣고 침울한데.

트롤은 마지막으로 한 덩어리를 남기고 전부 사라졌다.

마지막 덩어리가 몸부림을 치듯 꿈틀거렸으나 이윽고 움직임을 멈추고 녹아내리듯 사라졌다.

"리디!"

"네!"

내가 외치자 활에서 손을 뗀 리디가 눈을 감고 신경을 집중했다. 사먀와 디아나가 조용히 다가왔다. 아직 완전히 방심해선 안 된다.

우리도 간격을 벌려 주위를 경계했다. 아직까진 아무것도 느껴지지 않았으나 난 헬렌처럼 프로가 아니라 순전히 치트에 의지한 감각이다. 어디까지 의지해도 괜찮은지 모르겠다.

한동안 꼼짝도 안 한 채 집중하던 리디가 크게 숨을 내쉬었다. 나는 리디에게 물었다.

"…어때?"

"걸리는 게 없어요. 이 자리에 고였던 마력은 사라진 것 같아요."

그렇다는 건 즉….

“해냈어요!”

리디는 오늘 낸 목소리 중 가장 크게 소리를 질렀다. 우리도 와아 환성을 질렀다. 토벌은 성공했다. 왈칵 피로가 몰려왔다.

나와 똑같은 심정인지 안네가 바닥에 주저앉자 헬렌이 뛰어다가가는 모습이 보였다. 나도 바닥에 털썩 쓰러져 누웠다. 가슴속이 기쁨으로 가득 찼다.

나는 그 상태로 크게, 크게 숨을 내쉬며 다시 일어났다.

“자, 개선하자!”

6장
작은 개선(凱旋)

마물 토벌은 전리품이 남지 않는다. 그저 우리의 머릿속에 조금 전까지의 사투(마지막에는 둘러싸고 두들겨 팼을 뿐이지만)와 승리의 기억이 남을 뿐이다.

게다가 이번에는 군대를 따라온 것도 아니라 대규모 개선은 아니다. 우리의 승리를 아는 사람은 류이사 씨와 지젤 씨를 비롯한 요정족뿐이다.

그래도 우리의 보금자리를 지키기 위해 필사적으로 싸웠다는 사실은 변함없다. 각자 횃불을 들고 어두운 동굴을 걸어갔다.

한시라도 빨리 동굴을 빠져나가고 싶은 마음은 굴뚝같았으나 도중에 한 번 휴식을 취했다.

후퇴했을 땐 이렇게까지 피곤하지 않았는데, 그땐 돌아가는 데 필사적이라 피로를 느낄 틈도 없었을 거다.

이번에는 토벌을 완수한 안도감에 쌓인 피로가 몰려왔다.

가진 물과 휴대식량으로 가지고 온 말린 고기로 가볍게 배를 채웠다.

"늦었지만 처음에는 보급품을 잘못 가지고 왔어."

"그러게."

내가 중얼거리자 헬렌이 고개를 끄덕였다. 그녀는 말린 고기를 먹는 도중에도 주위를 둘러보며 경계를 게을리하지 않았다.

"처음부터 최소 하루치의 보급 물자와 수리 도구를 가지고 가야 했어. 나도 좀 긴장이 풀렸나 봐. 지적했어야 했는데. 미안해."

"아니야. 내가 결정했잖아. 다음부터는 조심… 하자고 해야 하나, 조심할 만한 일이 없길 바란다고 해야 하나?"

동굴 안에 웃음소리가 울려 퍼졌다. 실제로 이런 의뢰는 받지 않는 게 가장 좋다. 난 평범한 대장장이라고.

"그런데 이번에 실력을 드러냈잖아. 이번에는 선택지가 없었던 것도 사실이지만."

안네가 한숨을 쉬며 말했다. 다수 대 한 마리. 인원수로 밀어붙이긴 했으나 우리는 큰 부상 없이 트롤 한 마리를 토벌했다. 류이사 씨가 그 사실을 알게 됐으니 앞으로 어떻게 될지 불안하긴 했다.

"그런 괴물을 상처 없이 쓰러트린 부대가 있다는 걸 아버님께서 아시면 놓아주시지 않을 거야."

안네가 말을 이었다. 류이사 씨가 말한 것처럼 『검은 숲』 안에서 최강의 전력이라는 건 적어도 이 부근에선 최강이라고 말해도 과언이 아니다. 특히 여러 가지로 고민거리를 안고 있는 그분이라면 우리 같은 전력을 쉬게 두고 싶을 리 없다. 물론 안네는 "아버님께는 절대로 말 안 할 거야."라고 덧붙이는 것도 잊지 않았다.

"뭐, 지금 걱정해봤자 소용없지. 어떻게든 될 거야. 최악의 경우 카밀로나 마리우스… 혹은 후작의 도움을 받을지도 모르겠지만."

내 말에 모두 고개를 끄덕인 후 휴식을 마쳤다.

그 후 다시 동굴 안을 걸었다. 횃불 불빛을 보면 그리 오랜 시간이 지나진 않은 것 같은데, 밖은 지금 몇 시 정도일까. 이럴 때 휴대할 수 있는 시계의 고마움을 실감했다.

이전 세계에선 시계가 있든 없든 상관없이 일했다. 그래도 세간과 시차가 생기지 않도록 손목시계(보너스로 받은 돈으로 레이싱팀의 스폰서도 맡은 브랜드 시계를 샀다)로 시간을 확인했었다.

이윽고 눈앞에 비쳐 들어오는 빛이 보였다. 출구다. 우리의 걸음이 빨라졌다. 출구의 빛이 점점 강해져서— 이윽고 수많은 그림자가 보였다.

우리가 동굴 앞으로 나가자 류이사 씨와 리케, 쿠루루, 루시 외에 지젤 씨를 비롯한 요정족이 모여 있었다.

우리를 발견한 류이사 씨가 앞으로 나섰다.

"어떻게 됐어?"

류이사 씨가 물었다.

내 대답은 하나밖에 없었다.

"물론 쓰러트렸어요."

내 말에 류이사 씨가 활짝 웃었다.

"고마워!『검은 숲』의 주인으로서 너희에게 감사 인사를 해야겠네!"

"저희 요정족도 감사드려요!"

류이사 씨와 지젤 씨를 비롯한 요정족이 박수를 보냈다.

"어서 오세요!"

"쿠루루루!"

"왕왕! 왕!"

그리고 입구에서 기다리던 가족— 리케와 쿠루루, 루시도『어서 와.』라고 인사했다.

아아, 돌아왔다는 실감이 들었다.

요정족의 박수에 감싸여 하늘을 올려다봤다. 해는 중천을 지났으나 저녁노을이 지기에는 아직 시간이 남았다.

이번에는 똑바로 목적지에 갔다. 첫 번째의 경험과 헬렌이 도와준 덕분에 쉽게 정리한 덕분이다. 나 혼자서는 굉장히 고생했을 거다. 가족들에게 감사해야만 한다.

밝은 곳으로 나오자 헬렌의 방어구에 자잘한 상처가 잔뜩 남아있었다. 모든 공격을 화려하게 피한 것처럼 보여도 계속 아슬아슬한 상태였구나.

동굴을 나아가느라 다들 장비가 더러워졌다. 돌아가면 바로 우물이 활약할 거다.

다친 곳은 없어도 더러움과 피로로 너덜너덜했다. 그러나 가족들의 얼굴은 의뢰를 완수한 만족감에 반짝반짝 빛났다.

우리는 류이사 씨의 앞에 옆으로 나란히 섰다. 들떴던 분위기가 고요해졌다.

한 걸음 앞으로 나선 나는 류이사 씨의 눈을 똑바로 바라보며 말했다.

"이제 의뢰를 달성했다고 봐도 괜찮을까요?"

"그래. 물론이지."

류이사 씨가 생긋 미소 지었다. 뒤에서 사먀가 "해냈다!" 하고 손뼉을 쳤다. 요정들도 다시 크게 소리쳤다.

생글생글 미소 짓던 류이사 씨가 대수롭지 않게 말했다.

"너희는 의뢰를 달성했으니 제대로 보수를 줘야겠지."

그렇다. 보수를 까맣게 잊고 있었다. 나로서는 사정을 알고 있으면서 못 본 척해준 시점에 이미 보수를 받은 거나 마찬가지이지만.

뭐, 다른 가족들 앞에서 안 주셔도 괜찮다고 말할 순 없지. 그건 그거고 이건 이거니까 받기로 하자.

"우선 요깃거리도 되지 않는 보수부터 줄게."

류이사 씨가 장난스럽게 윙크하며 말했다. 그녀는 표정을 다잡고 이어서 선언했다.

"너희에게 『검은 수호자』라는 칭호를 줄게."

『검은 수호자』. 『검은 숲』과 세트인가.

류이사 씨의 말에 맞춰 지젤 씨를 포함한 요정들 몇 명이 우리 앞에 나란히 섰다. 리자 씨와 디피카 씨도 있다.

요정들은 검은 금속으로 만든 작은 브로치를 들고 있었다. 히터 실드처럼 생긴 모양에 나무 의장을 새겼다. 요정들이 꾸벅 인사를 한 후 우리의 가슴에(흉갑을 입은 헬렌은 어깨에) 브로치를 달아줬다.

“이 브로치를 달고 있으면 이 숲에서 습격받지… 않는다는 말은 할 수 없지만, 이 숲의 요정과 정령들이 너희의 소원을 되도록 들어줄 거야. 다른 숲에서도 대접받을 수 있고. 다른 숲에서 수목 정령(드라이어드)이나 늙은 나무(트렌트)를 만나면 보여줘.”

이름뿐인 줄 알았는데 일단 나름대로 장점이 있었다. 다른 숲에서 쓸 일은 없을 테니 그러길 바라는 수밖에 없지만.

“『게으름뱅이 대장장이』가 드물게 기합을 넣어 만든 거예요. 팔거나 버리지 마세요.”

헤어지기 전에 지젤 씨가 쿡쿡 웃으며 말했다. 게으름뱅이라서 내가 요정들의 제품을 만들면 기뻐할 거라고 했던 그 사람인가.

원래 이런 걸 받으면 버릴 리 없다. 우리가 의뢰를 완수한 증거이기도 하다. 게으름뱅이가 열심히 만들었다는 말을 듣고 더욱 버릴 마음이 들지 않았다.

그러고 보니 쿠루루와 루시는 어떻게 했을까. 궁금해서 살짝 돌아보자 두 사람은 펜던트처럼 목에 걸었다. 루시는 그 어느 때보다 자랑스럽게 가슴을 폈다.

"그리고… 뭐부터 이야기할까."

류이사 씨가 턱에 손을 대고 생각에 잠겼다.

"그럼 이것부터. 조금은 『숲의 주인』다운 모습을 보여줘야지."

반짝반짝 빛나는, 그러나 살짝 장난스러운 표정을 지은 류이사 씨. 내심 『숲의 주인』답지 않은 가벼운 분위기라고 생각했는데 신경 쓰고 있었던 걸까.

아니, 아닐 거야. 저건 그럴듯한 말을 했을 뿐이다.

"그러니 너희의 집 근처를 지나는 수맥 중 온천이 솟는 장소를 가르쳐줄게!"

류이사 씨가 어때, 라고 말하듯 가슴을 폈다. 루시도 "왕!" 하고 짖은 후 대항하듯 다시 가슴을 폈다.

따뜻한 물이 솟는 수맥, 즉, 온천이다. 나는 감탄했으나 가족들은 뭐가 좋은 건지 이해하지 못하고 당황한 표정을 지었다. 난 전 일본인으로서 굉장히 기뻤지만.

리케도 본가 근처에 온천이 있었다고 했는데, 자주 가지 않아서 실감이 들지 않나 보다. 내가 '올겨울에는 온천에 몸을 담그고 싶다.' 정도로 생각했던 터라 그다지 열심히 보급 활동에 힘쓰지 않았던 탓도 있다.

"어, 어라?"

의외로 부족한 반응에 류이사 씨가 곤혹스러워했다. 주위가 갑자기 고요해졌다. 왜 이럴까.

"그게 있으면 좋아?"

사먀가 도와주듯 물었다. 나는 힘차게 고개를 끄덕이며 긍정했다.

"겨울의 추운 시기에 몸을 따뜻하게 데울 수 있는 건 물론이고, 이 더운 시기에도 온천에 몸을 담그고 땀을 씻으면 기분 좋거든."

"북방의 풍습인가?"

"아니… 뭐, 그런 거지."

물론 이 세계에도 목욕의 개념이 전혀 없는 건 아니다. 그러나 귀중한 연료를 사용해서 대량의 물을 끓이고 욕조에 들어가 몸을 씻는 행위가 상류 계급은 차치하더라도 서민이 일상적으로 할 수 있을 만한 행위가 아니라 언급하지 않았다.

"감사히 받겠습니다."

"기뻐해서 다행이야."

류이사 씨가 안도하며 가슴을 쓸어내렸다. 나로서는 굉장히 고마운 사실이다. 온천 파기와 목욕탕 건설이 기다리고 있지만.

"그리고 마지막으로 배부른 이야기… 라고 해야 하나?"

"오."

헬렌이 무심코 소리를 질렀다. 지금까지의 보수는 용병으로서는 그다지 좋다고 할 수 없다. 『검은 수호자』가 의외로 도움이 되지 않을까 살짝 기대하는 정도다.

그러나 직접적인 보수가 있다면 이야기가 다르다. 억척스럽게 돈을 버는 것보단 단순히 성과에 걸맞은 보수를 받고 싶은 거다. 실무적인 사람이다.

"금화… 는 준비하지 못했으니 보석을 몇 개 줄게."

류이사 씨가 내 눈앞에서 손바닥을 내밀었다. 빨간색과 파란색, 녹색 보석이 몇 개 나타났다.

보석이라는 개념으로 귀중한 금속을 줄 거라 예상했는데. 어떤 의미로는 맥 빠지는 보수였으나 화폐로 바꿀 수 있는 물건을 주는 게 당연하다면 당연하다.

"『숲의 주인』이자 『대지의 용』이라고 해도 난 극히 일부일 뿐이야. 이번에 준비한 보수는 이게 전부야."

류이사 씨가 윙크했다. 자세한 건 카밀로에게 가져가서 감정을 받지 않으면 알 수 없으나, 상당한 가치가 있지 않을까.

결코 부족하지 않은 보수에 더해 거주권 인정까지 받았으니 이만 물러날까 했는데, 등 뒤에서 압력이 느껴졌다.

"그럼 이것도 감사히 받겠습니다."

나는 떠밀리듯이 보석을 받자마자 뒤에 있던 디아나에게 건넸다. 옆에서 안네가 슬쩍 보고 눈을 반짝였다. 대략적인 가치는 나중에 안네에게 물어보면 될 거다.

"그럼 다들 피곤하지? 오늘은 이만 돌아가서 쉬어. 수맥 위치는 나중에 지젤이나 다른 요정을 보낼게."

"네. 지금 당장 필요한 건 아니니까요."

류이사 씨의 말에 나도 고개를 끄덕였다. 지도에 표시를 해줘도 되고, 구두로 전해주는 것도 괜찮은데 자세한 장소를 가르쳐줄 수 없는 사정이 있는 걸까.

"정말 고마웠어."

류이사 씨가 손을 내밀었다. 나는 그 손을 잡고 악수했다. 몇 번째인지 모를 박수가 터져 나왔다.

그때 류이사 씨는 박수에 섞여 내게만 들릴 만한 목소리로 말했다. 아니, 말했다는 건 어폐가 있다. 그녀는 입을 움직이지 않았다. 그러나.

"잠시 할 이야기가 있으니 오늘 밤에 다시 만나."

그 말이 귀에 똑똑히 들렸다.

우리는 박수를 받으며 귀로에 올랐다. 지젤 씨에게 "아프지 않아도 언제든 찾아오세요."라고 말해두는 것도 잊지 않았다. 지젤 씨는 활짝 웃으며 "그럴게요!"라고 대답했다.

"좋아, 피곤한 중에 미안하지만 서두르자. 횃불은 아직 쓸 수 있겠지만 되도록 빨리 돌아가는 게 좋겠어."

다 같이 힘차게 손을 흔든 후 박수를 등지고 가족들에게 말했다. 다들 딱히 이견을 주장하지 않고 고개를 끄덕였다. 하늘을 올려다보자 아슬아슬하게 해가 저물 무렵에는 집에 도착할 수 있을 거다.

서두르긴 했으나 주변 경계는 게을리하지 않았다. 『숲의 주인』의 의뢰 후라고 해도 자연에 사는 짐승들에게 있어서 그런 건 아무 상관이 없다. 먹잇감을 발견하면 바로 습격할 거다.

돌아가는 길에도 류이사 씨에게 배웅받으면 습격당할 걱정이 없다는 건 알고 있다. 그러나 여러 가지 의미로 신세만 지는 것 같아서 미안했다. 그래서 가족들끼리만 돌아가기로 했다.

류이사 씨는 거절해놓고 요정들하고만 같이 가는 것도 이상하고.

따라서 가족끼리 조용한 숲속을 걸었다. 올 때와 마찬가지로 바람이 불고 그늘이 많아서 좀 나았으나 여름 태양은 확실히 열기를 품었다.

나는 흐르는 땀을 닦으며 불평했다.

"시원한 동굴이 그리워."

동굴 안은 서늘해서 계절이 다르다는 생각이 들 정도였다. 이전 세계에서 에어컨을 켜고 살았던 만큼 더욱 쾌적함이 그리워 어쩔 줄 몰랐다.

"그럼 저기로 이사할까?"

옆에서 걷던 디아나가 끼어들었다. 나는 어깨를 으쓱였다.

"『검은 숲』에 있는 동굴 깊숙한 곳에 사는 대장장이라. 너무 수상하잖아."

"그랬다면 나도 여기에 오지 않았을 거야."

내 말에 안네가 덧붙였다. 보통은 혼자 『검은 숲』에 들어가라고 하는 시점에 망설인다고 하는데, 더욱 깊숙한 곳에 있는 동굴에 가라고 하면 올 수 있는 사람은 더욱더 한정적이다.

디아나와 반대쪽 옆에 있는 헬렌도 고개를 끄덕였다. 헬렌조차 오고 싶지 않다면 정말 오려는 사람이 한 명도 없을 거다.

"의뢰인이 전혀 오지 않으면 곤란해."

"낮인지 밤인지조차 모르는 것도 곤란하고."

나보다 조금 앞에 나서서 먼 곳을 살피던 사마가 말했다. 발치에는 루시도 똑같은 방향을 향해 코를 킁킁거렸다. 짐승이 있나 보다.

사마가 그리 긴장하지 않았으니 늑대나 곰 같은 육식동물이 아니라는 뜻이다. 뿔 사슴 같은 위험한 초식동물이면 피해서 가자고 말했을 거고.

"마법 불빛을 쓸 수 있긴 한데, 그래도 힘들겠죠."

"자재 반입을 하다 길을 잃을 것 같아요."

사마에 이어 리디와 리케도 의견을 말했다.

"나도 트롤이 언제 생길지 겁먹으며 매일을 살아가긴 싫어. 차라리 곰이 훨씬 낫지."

내 말에 사마가 "나도."라고 맞장구를 치며 웃었다. 산들산들 나뭇잎이 스치는 소리가 울려 퍼지는 숲에 웃음소리가 가세했다.

돌아가는 길에는 아무 일 없이 집에 도착했다. 해는 거의 저물었다. 더욱 검게 물든 『검은 숲』이 땅거미에 감싸였다.

우리는 테라스에 모였다. 우리 가족의 개선은 이걸로 끝을 맞이했다.

"다들 내 고집에 따라오게 해서 미안해. 고마워."

가족을 상대로 긴장해선 안 되지만 끝은 제대로 맺어야 한다. 이전 세계에서 돼지가 주인공인 애니메이션에서도 공적(空賊)의 우두머리가 그렇게 말했다.

"크게 다친 사람 없이 돌아와서 정말 다행이야. 뒷정리는 나중으로 미루기로 하고, 이걸로 의뢰는 완수했어! 다들 수고했어!"

어두워진 숲에 와아— 하는 함성과 작은 박수갈채가 울려 퍼졌다. 쿠루루와 루시가 기뻐하는 목소리도 함께 울려 퍼졌다.

"그럼 다들 몸을 깨끗하게 닦고 와. 오늘 저녁은 호화롭게 만들게."

다들 "네—.", 『쿠루루루루루.』, 『왕왕.』 하고 대답한 뒤, 쿠루루에게 실은 짐을 내린 후 숲속의 우리 집으로 들어갔다.

첨벙, 길어 올린 우물물을 머리 위로 쏟아부었다. 여름의 더위를 잊게 만드는 차가운 물이 피부를 타고 흘렀다. 기온과 오늘 토벌로 달아오른 몸을 깨끗이 씻고 열기를 식혔다.

그렇다고 해도 서른 살(속은 40대) 아저씨의 피부이긴 하지만.

나는 먼저 몸을 씻고 저녁 식사 준비를 시작했다.

음식을 하는 동안 여성진— 즉, 쿠루루와 루시를 포함한 다른 가족들이 씻을 차례다.

나는 젖은 몸을 젖은 천으로 닦은 후 다시 한번 머리 위로 물을 끼얹고 젖은 몸을 마른 천으로 닦았다.

목욕하지 않아도 상쾌한 기분이 들었다. 이것만으로도 충분하다. 그러나 온천이 솟는 곳이 있다는 말을 들으니 목욕이 그리운 것도 사실이었다.

나는 약간의 쓸쓸함을 느끼며 옷을 갈아입고 창고에 들렀다가 집으로 돌아왔다.

오늘 저녁은 호화롭게 만들 예정이다. 물론 『검은 숲』에 덩그러니 선 우리 집에선 쉽게 장을 보러 다녀올 수 없다. 창고에 저장한 고기와 조미료를 듬뿍 쓰고 양을 많이 만드는 게 전부다.

후추를 듬뿍 뿌려서 파스트라미 비슷한 걸 만들진 못해도 다양한 맛이 나는 음식이 있는 것만으로도 호화롭다고 할 수 있고.

굽기만 해도 먹을 수 있는 멧돼지고기를 된장을 발라 굽고, 말린 사슴고기로 와인 조림을 만드는 동안 무발효 빵을 구우면서 준비를 진행했다.

이것저것 만드는데도 때때로 손이 비는 시간이 생겼다.

처음에는 '간수가 있으면 대두와 우물물로 두부를 만들 수 있지 않을까.' '저 동굴만큼 땅을 깊이 파면 어느 정도 기온이 낮은 저장고를 만들 수 있지 않을까.' 등 생활과 관련된 생각을 두서없이 떠올렸다.

아니, 정확히 말하면 일부러 생각하지 않으려고 노력해도 자꾸만 '오늘 밤 류이사 씨가 무슨 말을 할까.'라는 생각이 떠올랐다.

상황을 떠올려보면 류이사 씨는 내게만 하고 싶은 말, 혹은 내게만 해야 하는 말이 있을 거다. 그리고 류이사 씨는 내가 이곳에 있는 이유… 즉, 전생했다는 사실을 알고 있다.

『숲의 주인』의 관리 영역에 갑자기 대장간이 딸린 집이 생겼으니 모르는 게 더 이상하겠지만.

그렇다면 전생에 관한 이야기를 하려는 걸까. 일단 거주 허가를 받았으니, 손바닥 뒤집듯 숲에서 나가라고 하진 않을 거다. 그래도 가능성이 전혀 없진 않다. 왠지 불안해졌다.

"뭐, 어떻게든 되겠지."

부글부글 끓으며 김을 내는 냄비를 휘저으며 혼잣말을 했다. 모처럼 받은 여생을 되도록 원만하고 느긋하게 지내고 싶었다.

하지만 그다지 의식하고 싶지 않아도 이 세계에서 보기에 난 철저한 외부인이다. 『숲의 주인』이 나가라고 하면 얌전히 따르고 혼자 살 방법을 찾아보자.

다시 처음부터 『일상』을 만들어가는 거다. 그때 누가 날 따라와 줄까.

그런 생각을 하고 있는데 집 문이 철컹 열리며 사마가 얼굴을 내밀었다. 대장간 쪽에서 흐린 종소리가 들렸다.

"오, 여기 있었네. 우린 다 씻었어."

"나도 거의 다 끝났어. 음식을 옮겨줄래?"

머릿속에서 어두운 생각을 쫓아낸 나는 일부러 밝게 말했다. 사마는 큰 감정의 변화를 감지하는 능력이 있다. 기우일지도 모르는 일 때문에 걱정을 끼치고 싶진 않았다.

"응. 어— 이, 에이조가 밥이 다 됐대!"

순간 사마는 의아한 표정을 지었으나 문 너머에 있는 가족들을 향해 외쳤다. 다들 우르르 들어와 준비해둔 음식을 바깥의 테라스로 옮겼다.

이게 마지막 연회가 될지도 모른다. 그런 생각을 하며 나도 음식을 가지고 테라스로 옮겼다.

7장
작은 연회

“그럼 토벌 성공을 축하하며 건배!”

『건배―!』

이렇게 토벌 성공 연회가 우리 집 식으로 시작되어 점점 달아올랐다. 마음속 어딘가에 조금 남은 공포를 씻어버리기에 제일 좋은 방법이다.

시끌벅적 대화를 나누며 음식을 먹었다. 늘 먹던 음식인데도 상황이 다르니 좀 더 맛있게 느껴졌다. 하물며 지금은 몸이 음식을 원하는 상태라 더욱 그렇다.

상당한 양을 만들었는데 다 같이 우걱우걱 먹자 눈 깜짝할 사이에 음식이 사라졌다.

평소에는 바로 뒷정리를 하고 자리에서 일어서지만, 오늘은 다 같이 그대로 앉아 계속해서 대화를 즐겼다.

“그러고 보니 쿠루루랑 루시가 날뛰지 않았지? 대단하네.”

나는 리케에게 두 사람에 관한 이야기를 들었다. 그저 따라와서 기다리기 지루했을 텐데. 최악의 경우 어딘가로 훌쩍 떠날지도 모른다고 생각했다.

전투하느라 신경 써줄 때가 아니었고, 전투가 끝난 후 간신히 두 사람에 대해 떠올려서 크게 반성했다. 데리고 갈지 두고 갈지 매번 고민해야겠군.

리케가 아무것도 잡지 않은 손으로 쿠루루의 목을 쓰다듬으며 말했다.

"둘 다 가만히 앉아서 동굴 입구를 바라보며 기다렸어요."

"어쩌면 제대로 이해하고 있을지도 몰라."

내 말에 디아나와 헬렌이 고개를 끄덕였다.

"위험하니까 멀리 떨어져 있으라고 하면 얌전히 지켜보거든."

"루시도 항상 조용히 지켜보고."

두 사람이 입을 모아 칭찬했다. 쿠루루와 루시에게 있어선 당연한 감각이었는지도 모른다.

이윽고 헬렌이 노래를 흥얼거리기 시작했다. 그에 맞춰 사마가 테이블을 두드리며 리듬을 맞췄다. 리케와 리디는 정원에 피운 모닥불 주위를 돌며 각 종족의 춤을 췄고, 이어서 디아나와 안네가 귀족의 춤을 선보였다.

우리 가족의 일상과는 조금 다른, 하지만 멋진 시간이 흘렀다.

그리고 한밤중. 문득 눈을 뜬 나는 곧장 집 밖으로 나갔다. 어둡지만 누구보다 잘 아는 익숙한 우리 집이다. 발이 걸려 넘어지는 일 따윈 없었다.

지금은 이전 세계로 말하자면 몇 시쯤일까. 중천에 접어든 달의 달빛이 정원을 비췄다. 풀꽃이 창백한 빛을 반사하는 광경이 환상적이었다.

그 정원에 나는 한 사람을 확인했다. 물론 본 적이 있는 사람이다.

“류이사 씨.”

“에이조, 안녕.”

류이사 씨가 생긋 미소 지었다.

“그럼 바로 이야기를 시작할까.”

달을 등지고 서서 말한 류이사 씨에게서 어째선지 박력이 느껴졌다. 나는 꿀꺽 침을 삼켰다.

“그렇게 긴장하지 않아도 괜찮아.”

달빛 속에서 류이사 씨가 미소 지었다. 긴장하지 말라고 해도 쉽게 믿을 수 있는지는 다른 문제지만.

“서서 이야기하기에는 좀 그러니까 저쪽으로 가시죠.”

나는 손으로 테라스를 가리켰다. 아직 의자가 놓여있을 거다.

“그럼 그렇게 할까.”

류이사 씨가 나보다 먼저 걸어갔다. 딱히 숨길만 한 시설이 아니고 장소도 알고 있다는 뜻이다.

토가* 같은 옷의 등 부분이 무방비하게 드러났다. 이게 나에 대한 신뢰인지, 아니면 내가 위해를 가하지 않을 거라고 믿는 건진 모르겠다. (*주석#2 토가(toga): 고대 로마의 시민이 입었던 낙낙하고 긴 겉옷.)

일단 단검을 품에 숨겨왔으나 쓸 만한 순간이 있다고 해서 류이사 씨에게 칼날을 행하진 않을 거다. 『숲의 주인』과 대적해서

이길 확률이 조금이라도 있다고 여길 만큼 순진하지 않으니까.

나와 류이사 씨는 테라스의 의자에 마주 보고 앉았다. 이전 세계에서 본 대담 방송에 출연한 것 같았다.

류이사 씨가 후우, 숨을 내쉬며 말했다.

"자, 그럼 시작할까."

나는 고개를 끄덕였다. 과연 어떤 이야기를 꺼낼까.

"단둘이 이야기하고 싶다는 말에 너도 어느 정도 짐작했겠지만, 네 신상에 관한 이야기를 하려고."

"그렇겠죠."

다른 사람이 듣기 거북한 이야기는 달리 없으니까.

"우선 다시 강조하자면 네가 이곳에 사는 건 『숲의 주인』인 나는 물론이고 본체인 『대지의 용』도 인정했어. 『원래 이 세계 사람이 아니다』라고 해도 말이야."

"감사합니다."

나는 머리를 숙였다. 일단 이곳에 있어도 괜찮다는 보증을 받는다면 무서울 게 없다. 이렇게 되면 후작 각하 쪽이 훨씬 성가시다고 말할 수도 있다.

말만 이렇게 하는 거지만. 내 마음을 아는지 모르는지, 류이사 씨가 다시 말을 이었다.

"그리고 말인데."

드디어 본론인가.

"가끔 지젤이나 다른 요정 아이에게라도 괜찮으니 요정족에게 『이전 세계의 지식』을 가르쳐줄 수 있을까?"

"이전 세계의 지식… 이요?"

"그래."

"알아서 어떻게 하시려고요? 이 세계의 기술로는 아무리 마법이 있어도 실현 불가능한 기술 개수가 많은데요."

『만 년 시계』처럼 전기를 사용하지 않는 정교한 기계나 약간의 전기를 사용하는 장치라면 어떻게든 만들 수 있을지도 모르지만, 차분 기관* 이후의 컴퓨터는 불가능하다. (*주석#3 차분 기관(差分機關): 1823년에 영국의 수학자 배비지가 만든 기계. 덧셈만으로 여러 가지의 수표를 자동으로 계산할 수 있도록 설계하였다.)

동력도 증기기관 정도로 아직 내연기관에 도달하지 못했다. 마법으로 기관 내부에 폭발을 일으킨다고 하더라도 보통은 필요한 정밀도로 부품을 제작할 수 없다.

언젠가 미래에 가능해져도 지금 알아둬야 할 의미가 있을까. 듣기 좋진 않아도 에도 시대 사람에게 스마트폰 이야기를 해봤자 의미가 없는 거나 마찬가지다.

게다가.

"전 이 세계에 큰 영향을 미치고 싶지 않아요."

그러기 위해 수레에 판스프링 서스펜션을 도입할지 망설였고, 우물에 수동 펌프를 달지도 않았다.

워치도그의 설명에 따르면 나 한 사람이 발버둥을 쳐도 세계에 큰 영향을 미치지 않을 거라고 했지만, 그래도 일부러 시곗바늘을 내 손으로 돌리는 행동은 하고 싶지 않았다.

"그렇구나. 에이조는 고지식한 사람이구나."

류이사 씨가 우후후, 하고 웃었다.

"그렇게 대답할 줄 알았어. 그래서 요정족에게 가르쳐달라는 거야."

순간 류이사 씨의 말을 이해하지 못한 나는 당황했다. 그러나 조금 생각해보면 알 수 있는 말이었다.

"요정족의 말을 믿을 만한 사람은 거의 없어서 그런 건가요…?"

내 말에 류이사 씨가 소리를 내지 않고 손뼉을 쳤다.

"애초에 존재를 아는 사람이 많지 않고, 이 세계에선 이해하지 못하는 이치를 말해봤자 『요정의 장난』으로 여기겠지."

"이 세계에선 실현 불가능한 기술도 많지만, 반대로 말하자면 실현 가능한 기술도 존재하긴 하는데요…."

"그런 건 새어나가지 않도록 하면 되고, 새어나가도 '요정이 떠올리게 도와준 아이디어'로 해석하겠지. 어쨌든 에이조가 고민할 필요는 없어."

"흠…. 그렇지. 중요한 걸 묻지 않았네요."

"뭔데?"

류이사 씨는 계속 미소를 지으며 말했다. 그 표정에서 뭔가 좋지 않은 의도를 느낀 사람이라면 굉장히 경계할 것만 같은 미소였다.

"애초에 이 의뢰에는 어떤 의미가 있죠? 어디에 공개하지도 않을 거고, 단순히 정보를 파악하고 싶은 것뿐이라면 다른 방법이 있지 않을까요?"

"뭐, 보통은 그렇게 생각하겠지."

류이사 씨가 뺨에 손을 대고 한숨을 쉬었다.

"이건 굳이 말하자면『본체』의 요구야. 그래서 자세한 내용은 나도 잘 모르겠어."

"『대지의 용』이요?"

"그래. 그리고 난 그 극히 일부에 지나지 않아. 에이조에겐 미안하지만 난『본체』의 모든 것을 파악할 수 없어."

"아뇨, 그건 어쩔 수 없죠."

그렇다고 해도 이상하다. 그럼 '잘은 모르겠지만 어쨌든 가르쳐 줘.'라는 이야기다. 지금까지 아무에게도 말하지 않았던 정보를 선뜻 가르쳐줘도 괜찮을까.

내가 고민하자 류이사 씨가 작게 웃었다.

"대답은 하지 않아도 괜찮아. 나중에 온천 수맥을 가르쳐준다고 했었지? 만약 가르쳐줄 마음이 생기면 그때 지젤에게 가르쳐줘도 돼."

"…알겠습니다."

류이사 씨가 그럼 이만 가볼게, 라고 말하며 손을 흔들자 모습이 사라졌다. 나는 의자에 앉은 자세를 고치고 커다란 한숨을 쉬었다.

류이사 씨가 사라진 후 나는 달을 바라보며 생각했다.

『대지의 용』은 왜 내 지식을 원하는 걸까. 이 세계가 순조롭게 이전 세계와 같은 역사를 거친다면— 나는 미래에서 온 거나 마찬가지다.

기술에 관한 정보에서 미래에 무슨 일이 일어나는지 알고 싶다는 뜻일까.

"그저 지적 호기심일 리는… 없겠지."

나는 혼잣말을 하며 고개를 저었다. 만약 그렇다면 번거롭게 요정들에게 가르쳐달라고 하지 않았을 거다.

가능하면 본인이 직접 와서 물어보면 된다. 그러지 않은 이유가 있을 거다. 『대지의 용』만 알고 있어도 어쩔 수 없다든가.

혹시 요정들이 변덕으로 누군가에게 전해주길 기대하는 걸까? 다른 다양한 이유보다는 그게 가장 그럴듯한데.

류이사 씨도 말했듯이 그게 실현 가능한 기술 이야기라면 하늘의 계시일 거고, 불가능하거나 이해할 수 없다면 단순한 장난이다.

게다가 나는 요정에게 가르쳐줬을 뿐이니 그게 어떤 영향을 미칠지는 내가 관여할 문제가 아니라고도 할 수 있다.

단순한 판스프링 구조라는 생각에 만들었다가 카밀로에게 가르쳐준 서스펜션도 보고 영감을 얻은 누군가가 엄청난 발명을 하지 않을 거라고 단언할 수 없다. 물론 그렇게 됐을 때의 일까진 솔직히 내가 상관할 일이 아니다.

그렇다면 핵분열반응처럼 개념적으로도 설명하기 힘든(나도 정확하게 이해하지 못했다) 지식은 차치하더라도 그 외의 지식은 가르쳐줘도 괜찮을지도 모른다.

『임금님 귀는 당나귀 귀』까진 아니더라도 비밀을 이야기하면서 정신의 평온을 꾀할 수 있을지도 모르고.

"좋아, 이제 내일 아침 요정들이 와도 괜찮겠군."

나는 크게 기지개를 켠 후 내 침실로 돌아갔다. 지금이라도 조금 잘 시간이 있을 거다. 느긋하게 침대에 누운 나는『일상』으로 돌아갔다.

◇ ◇ ◇

다음 날. 한여름이 되어 더운 점 외에는 다들 어제의 사건이 없었다는 듯 평소처럼 행동했다.

쿠루루와 루시는 아침 일찍 물 긷기에 의기양양하게 따라왔고, 아침 식사도 신단에 기도를 드리는 것도 평소와 똑같았다. 대장간에서도 시끌벅적하게 떠들면서, 집중해야만 할 때는 조용히 하면서 각자 맡은 일을 했다.

그래도 정말 아무 일도 없었던 것처럼 행동할 순 없었다. 점심과 저녁을 먹을 땐 화제에 올라왔다.

지금도 저녁으로 구운 사슴고기를 입 안 가득 넣으며 헬렌이 열변을 쏟아냈다.

"내 생각에 그 비명만 없었다면 더 편하게 쓰러트렸을 거야."

"소리 때문에 순간 주춤해서 타이밍을 놓친 순간이 있긴 했지."

"맞아. 다행히 냄새가 나지 않아서 주춤거릴 요소가 소리밖에 없었어."

물론 트롤은 잠자코 우리 손에 쓰러져 줄 의리가 없지만. 천천히 수프를 먹은 디아나가 말을 이었다.

"이번에는 동굴이라 어쩔 수 없는 점도 있었지만, 역시 범위가 넓은 무기를 좀 더 만들어두는 게 좋지 않을까?"

"그것도 생각해봐야겠어. 상대가 누구인지는 차치하고, 이 부근에서 전투하게 된다면 긴 무기가 제일 좋지."

우리 집에 있는 단창은 기껏해야 내 키와 비슷하거나 조금 더 길다. 그래도 충분하다고 할 수 있으나 역시 조금 더 긴 무기를 준비해두는 편이 좋겠지.

"집에서 농성하려면 투석기(캐터펄트)나 쇠뇌(발리스타) 같은 걸 설치하는 것도 괜찮을지도."

다음 고기를 먹으며 헬렌이 말했다. 나는 한쪽 눈썹을 들고 헬렌에게 대답했다.

"대장간에?"

"응. 대장간에."

헬렌이 싱긋 웃었다. 눈은 그녀가 진심이라는 걸 이야기했다.

아니, 거기에 로망을 느끼지 않았느냐고 묻는다면 느끼긴 했지만. 집에 비밀병기가 있다면 당연히 가슴이 뛰겠만. 40대든 아이든 남자는 다 똑같다.

예를 들어서 나와 헬렌, 디아나가 없을 때 어지간한 일은 일어나지 않는다고 해도 만에 하나 곰이 여기에 오면 위험한 사태가 일어날 게 불을 보듯 뻔하다.

그럴 때 대응할 수 있는 병기를 설치하는 게 좋지 않을까, 하고 생각하면 그리 황당무계한 말은 아니다.

"생각해볼게."

그런 생각을 하며 대답하자 헬렌뿐만 아니라 리케도 눈을 반짝반짝 빛냈다. 나는 살짝 쓴웃음을 지었다.

우리 집의 요새화 계획은 뒤로 미루고, 일단 준비해두고 싶은 일이 몇 가지 있다.

"쿠루루와 루시가 살 오두막과 창고로 갈 수 있는 연결 복도 말이지."

사먀가 스푼을 입에 문 채 말했다. 평소에는 리케가 식사 예절에 어긋난다고 나무라겠지만 그녀는 지금 네 잔째 독주를 마시고 고기를 먹느라 바쁘다.

"응. 가까운 곳에 온천이 솟으면 거기에 목욕탕 건물을 지을 거잖아? 나중에 거기에도 연결 복도를 만들고 싶어."

"목욕탕 건물?"

여전히 스푼을 입에 문 채 고개를 갸웃거리는 사먀.

"…사람이 거의 오지 않는『검은 숲』속이라고 해도 주위에서 훤히 볼 수 있는 곳에서 목욕할 순 없잖아? 내부가 보이지 않게 건물을 지어야지.”

“헤에.”

“옷을 벗고 입는 것도 그 건물 안에서 할 수 있으면 편리하겠지? 나도 너희도 집에 있는 동안 아무 걱정 할 일도 없을 거고.”

지금은 각자 방에서 몸을 닦고 있기에 방에 침입하지 않으면 여성진의 나체를 볼 일이 없다. 게다가 긴 시간 방에 들어가 있는 때도 있다.

그러나 내가 방 밖에서 급한 용건(대부분 생리 현상이다)이 있을 때 마주치지 않을 거라고 확신할 수 없다.

하지만 건물이 독립해있으면 그럴 걱정도 거의 전혀 없다. 나도 부담 없이 집 안을 돌아다닐 수 있다.

“그런가.”

사마가 콧등에 주름을 만들며 말했다. 내가 처음 구해줬을 때 봤는지 어떤지 신경 쓰는 거겠지만, 이건 가족에 대한 편한 마음을 드러내는 걸까. 기쁜 건지, 마음에 걸리는 건지 알 수 없는 미묘한 기분이 들었다.

“그런 거야. 온천 장소가 확정되면 전부 한꺼번에 짓는 것도 괜찮겠지만, 하루 안에는 절대로 불가능할 테니 꼭 필요한 건 지금 지을 수 있는 것부터 짓는 게 좋을 것 같아서.”

트롤을 쓰러트린 직후이니 한동안 마물이 발생하진 않을 거다. 그렇다면 당장은 평소처럼 납품하면 일이 끝난다. 앞으로 꼭 필요한 것부터 정리하려면 연결 복도부터 만드는 게 낫다.

…이렇게 말하면 한동안 또 바빠지겠지만.

"연결 복도를 추가로 만들면 모양이 이상해지지 않을까요? 처음부터 깔끔한 모양으로 설계하는 게 나을지도 몰라요."

리디가 조용한 목소리로 말했다. 나중에 덧붙여 만든 시설에 어떠한 불편한 점이 발생하는 건 흔히 있는 일이라 부정할 수 없었다.

"밭 중앙을 지나지 않는 한 융통성 있게 만들어도 되지 않을까 하는데, 내가 너무 안일하게 생각하나?"

리디가 가는 턱에 손을 대고 중얼거리듯 말했다.

"이곳 정원은 넓으니까요…."

"온천이 솟는 곳이 좀 떨어져 있으면 긴 연결 복도는 만들지 않기로 하고, 기다리는 시간이 아까우니까 가까운 곳부터 조정을 할 수 있으면 빨리 해치워버리고 싶어서."

어째선지 가지고 싶었던 카메라를 추가로 사려고 아내에게 선물을 하는 남편의 변명 같은 말이 나왔다. 심경은 그리 다르지 않지만.

"어차피 필요한 건 확실하고, 필요해진 후에 허둥지둥 만드는 것보단 괜찮겠죠."

"그렇지?!"

잠시 생각에 잠겼던 리디가 대답하자 무심코 흥분해서 외쳤다. 리디가 『곤란한 분이군요.』라고 말하듯 쿡쿡 웃었다.

"다른 사람들도 괜찮아?"

"난 상관없어."

"스승님의 말씀 하시는 대로 따를게요."

"나도 반드시 해야 하는 일은 없으니까 괜찮아."

"나도."

"살기 편해진다면 나도 찬성."

적극적이진 않아도 다들 찬성했다. 이제 창고에 물건을 넣고 꺼낼 때 비를 신경 쓰지 않아도 되고, 비가 오는 날에도 쿠루루와 루시의 오두막에 편하게 갈 수 있게 된다. 그렇게 맑은 날도 비 오는 날도 똑같이 일생의 생활을 할 수 있으면 좋겠다.

사소한 생활 향상이긴 해도 나는 완성된 후를 상상하며 어떤 계획을 세울까 고민하기 시작했다.

◇ ◇ ◇

그 후 며칠간 납품을 위해 제품을 만들었다. 그동안 여름의 더위가 한층 격렬해졌으나 쓰러진 사람 없이 무사히 매일을 보냈다. 원래 더운 대장간에서 일하는 가족이라도 사고 없이 보내는 게 가장 좋다.

지금까지 우물을 파서 다행이라고 여긴 적은 트롤 퇴치 후 몸을 식히면서 깨끗하게 씻은 한 번뿐이다. 그 이후로는 호수에서 길어온 물로 충분했다.

그러나 부족할지도 모른다고 여겼던 날도 있었다. 정말 물이 부족해지면 우물이 나설 차례다. 앞으로 그렇게 될 가능성이 충분히 있다고 생각하면 황급히 만든 보람이 있었다.

그렇게 납품을 하러 가는 날. 평소처럼 쿠루루가 끄는 수레는 짐과 우리를 싣고 숲속을 나아갔다. 오늘도 태양이 높이 떠올라 숲속인데도 꽤 더웠다.

"나무 그늘이 많은 숲속에서도 이렇게 더울 줄이야."

"스승님은 북방 출신이시라 더위에 약하시죠."

"아니… 응. 뭐, 그런 셈이지."

정확히는 오랜 세월 에어컨 생활(거의 전철을 타고 집과 직장을 왕복하는 생활이었고, 모든 곳에 에어컨이 있었다)에 익숙해진 점이 크지만, 굳이 이야기해봤자 이해해줄 사람이 류이사 씨 정도라 말하지 않았다.

실제로 북방의 여름은 일본의 여름처럼 습하고 덥다고 한다. 인스톨 된 지식이 그렇게 가르쳐줬다. 이곳은 습도도 나름대로 높지만, 그보다는 햇살에 직접 더위를 느껴서 더위의 질이 달라 몸이 당황한 부분도 있다.

"도로에 나가면 더 덥겠지?"

디아나가 무릎 위에 축 늘어진 루시를 쓰다듬으며 말했다. 루시가 축 늘어진 건 더위에 지쳐서가 아니라 단순히 힘이 빠졌을 뿐이다.

"초원의 풀이 자라도 햇살을 가로막진 못하니 덥지 않을까? 루시에게 천 같은 걸로 그늘을 만들어줘야겠어."

내 말에 헬렌이 짐을 뒤져 천을 꺼냈다. 아직 숲속이라 덮어씌우진 않았다. 꼬리를 파닥파닥 흔드는 루시를 보고 헬렌이 활짝 웃었다.

나는 수레를 문지르며 말했다.

"이것도 개량해서 짐칸에 포장을 씌우는 게 어떨까? 햇볕을 가로막고, 비가 올 때도 짐이 젖지 않게 옮길 수 있고."

"하지만 숲속을 지나야 하니까."

"나뭇가지에 걸리지 않을까."

주위를 둘러보며 안네가 말하자 사먀도 거들었다. 『검은 숲』은 자유분방하게 가지를 뻗은 나무가 울창하게 자랐다. 다행히 앉아있는 동안은 나뭇가지나 나뭇잎에 걸리지 않지만 안네가 일어서면 머리에 부딪힐 만한 가지가 몇 개 보였다.

짐칸의 포장은 안에서 설 수 있을 정도로 높아야 한다. 즉, 안네의 키만 한 높이로 포장을 씌우면 여기저기에 걸릴 거다.

"좀 고민해봐야겠네."

나는 다시 시선을 앞으로 돌렸다. 숲 출구가 보였다. 그 너머로 한층 강한 햇살이 쏟아지고 있었다.

산들산들 흔들리는 녹색 초원이 펼쳐졌다. 등을 곧게 편 풀은 군데군데 햇살을 원하는지 사람 키만큼 자란 부분도 있었다.

바람이 초원의 표면을 쓰다듬자 풀이 나부끼며 움직였다.

"여름의 평원도 예쁘네요."

그 광경을 본 리디가 감탄하며 말했다. 더위라는 조건을 제외하면 아름다운 광경임이 틀림없다.

"역시 해가 직접 비치는 곳은 더 덥구나."

찌르는 듯한, 이라고 표현해야 할까. 머리와 등을 태우는 날카로운 더위가 덮쳤다.

루시는 아까 헬렌이 꺼낸 천을 지붕처럼 짐에 걸쳐 만든 그늘에 들어갔다. 바람도 다소 통해서 쾌적한지 꼬리를 흔들었다.

"쿠루루는 괜찮아?"

"쿠루루루루루루."

리케에게 질문했는데『본인』이 대답했다. 목소리를 듣기에는 기분이 좋은 것 같았다. 분명 괜찮을 거다.

"힘들면 바로 멈춰."

"쿠루—."

『알겠어, 알겠어.』라고 말하듯 쿠루루가 가볍게 고개를 흔들고 소리 내어 울었다. 모처럼 기분 좋게 걷고 있는데 괜한 말을 한 걸까.

있는지 어떤지 몰라도 만약 쿠루루에게 반항기가 온다면 난 엄청난 충격을 받을 거다. 디아나도 복잡한 표정을 짓는 걸 보아 똑같은 생각을 했나 보다… 아마도.

그런 미래의 기우를 싣고 쿠루루가 끄는 용차는 더운 여름 햇살 속에서 도로를 똑바로 나아갔다.

햇살이 바작바작 몸을 태웠다. 역시 포장은 포기하더라도 지붕 비슷한 걸 다는 편이 좋겠어.

네 귀퉁이에 긴 막대를 세우고 천을 매다는 방식을 쓰면 숲속을 지나거나 짐을 싣고 내릴 때 잠깐 걷을 수 있다.

문제는 수레의 외형이 약간 볼품없다는 점인데, 편의성을 우선시해야겠지. 딱히 이 수레를 타고 세계여행을 다닐 것도 아니고, 우린 귀족도 아니다. 아니, 두 명은 귀족이긴 하지만.

그래도 아직 이전 세계의 여름만큼 덥지 않았다. 바람이 불면 숲속만큼은 아니더라도 시원하니 더 더워진 후에 생각하자. 곧 그렇게 되겠지만.

더우면 사냥감을 기다리는 데에도 목숨을 걸어야 하는지 노상강도와 만나지 않고 마을 입구에 도착했다.

"안녕하세요— 오늘은 날이 덥네요."

항상 입구에서 보는 경비병에게 말을 걸었다. 그는 가볍게 손을 들어 대답했다.

"오— 자네들인가. 이제 여름이 왔지."

그가 허리에 찬 물주머니를 들고 물을 한 모금 마셨다. 금속 갑옷을 입고 서 있으니 더 힘들겠지. 수분 보충의 중요성을 아는 것도 과학적인 이유라기보다는 경험에 의한 게 틀림없다.

그는 후우, 숨을 내쉰 후 잠시 우리에게 시선을 향한 후 바로 도로 쪽을 바라봤다.

들어가도 된다는 뜻이다. 잘 아는 사이라고 해도 최소한의 확인(정말로 최소한)은 빠트리지 않았다.

그런 그에게 아무 일도 일어나지 않길 속으로 기도하며 문을 지날 때 머리를 숙여 인사했다.

북적이는 마을 내부는 여전히 변함없었다. 나가는 사람이 조금 줄어든 것과 마을에 사는 사람들의 복장이 조금 가벼워진 정도다.

한편, 외부에서 들어오는 사람들은 옷을 조금 껴입었다. 방한용이라기보단 단순히 몸을 보호하기 위해서다. 참지 못하고 벗어던질 정도는 아닌가 보다. 즉, 이곳에서 가장 더위를 타는 사람은 아마도 나일 거다.

항상 무서운 얼굴로 길을 노려보며 앉아있는 가판 아저씨도 평소보다 얇은 옷을 입고 짐칸의 루시에게 살짝 손을 흔들었다. 쿠루루가 보이는 거리에서부터 들뜬 걸 보아 이 순간을 기대하는 것 같아서 기뻤다.

아저씨를 발견한 루시가 "왕왕!" 소리를 내어 짖으며 꼬리를 붕붕 흔들었다. 아저씨가 살짝 웃는 표정을 지었다. 저 아저씨가 누구인지 몰라도 가까운 시일 내에 쓰다듬게 해드려야겠어….

카밀로의 가게 창고에 수레를 넣고 수레를 푼 쿠루루와 루시를 데리고 뒷문으로 가자 항상 있던 점원이 뛰어나왔다. 그도 반소매에 반바지를 입었다. 소년이라는 말 그대로인 외모에 잘 어울렸다.

"여어, 날이 덥네."

"그러게요. 아, 쿠루루와 루시는 저쪽으로 데리고 갈게요."

점원이 벽에 긴 나무판을 세워둔 곳을 가리켰다. 범위가 꽤 넓어서 쿠루루도 여유롭게 앉아있을 수 있었다.

"저기가 그늘이거든요."

"오오, 신경 써줘서 고마워."

나는 점원의 머리를 거칠게 쓰다듬었다. 점원이 살짝 수줍어 한 후 쿠루루, 루시와 함께 이동했다. 루시가 다리에 몸을 비볐다. 분명 점원의 발을 걸어 넘어지게 만들려는 거다.

"『장난』을 치면 가차 없이 화를 내도 돼."

"아뇨, 괜찮아요—!"

점원은 넘어지지 않으려고 버티면서 그늘에 들어갔다. 우리는 흐뭇한 기분으로 세 사람을 배웅한 후 안으로 들어갔다. 내 어깨의 HP가 순조롭게 줄어들었다.

"더워졌는데 미안하네."

상담실에 들어온 카밀로가 제일 먼저 그렇게 말했다. 지배인은 없었다. 먼저 상품 확인을 하러 갔나 보다.

"일이니까. 여기서 얻는 수입이 없으면 밥을 못 먹거든."

나는 쓴웃음을 지으며 대답했다. …대답은 그렇게 했으나 거짓말이라고 하면 거짓말이다. 가족이 쿠루루와 루시를 포함해서 아홉 명이 되어도 한동안은 먹고살 수 있을 만한 돈을 모아뒀다.

게다가 식량도 연료도 어느 정도 자급자족으로 조달할 수 있다. 만약 지금 이 순간 계약이 끊긴다고 하더라도 1~2년 정도는 버틸 수 있을 거다. 정말 어쩔 수 없을 땐 가족들에게 각자의 장소로 돌아가라고 해야겠지만 아직은 먼 미래의 이야기다.

"그런가. 뭐, 우기와 달리 비가 계속 내리진 않으니까. 와주면 나도 고맙지."

"제품은 잘 팔려?"

"그럭저럭."

카밀로가 싱긋 웃었다. 이건 뭔가가 있다는 뜻이다. 근처에 앉아있던 헬렌이 살짝 살기를 뿜었다. 짜증을 내는 거군.

"자네가 맡겼던, 이랄까 가르쳐줬던 게 있었지?"

"가르쳐줬던 거…? 아아, 서스펜션 말인가."

내 말에 카밀로가 "그래, 그래."라며 고개를 끄덕였다.

"그걸 양산하기 시작했어. 시작으로 우리 가게 마차에 달아봤어. 이야, 정말 좋더군."

"오오, 그래!"

얼마 전에 슬슬 양산을 시작할 것 같다는 말을 들었는데, 드디어 시작한 건가. 이제 물류가 조금 원활해질 거다.

그리고 물건을 옮기는 작업이 원활해지면 군대의 운송도 원활해진다는 뜻이다. 그게 어떤 사건을 일으킬지까지는 신(혹은 『대지의 용』)이 아닌 내겐 알 도리가 없다.

되도록 세계가 평화롭게 지내면 좋을 텐데, 하고 바라는 수밖에 없다. 어쩌면 류이사 씨가 내게 접촉한 이유일지도 모른다.

"그래서, 좀 먼 곳까지 운송을 할 수 있게 됐으니 그만큼 자네가 만든 제품도 먼 곳까지 가지고 갈 수 있어. 이번에는 판매가 호조였지."

카밀로의 말에 사먀와 리케가 작게 "오오." 하고 탄성을 질렀다. 여기에 납품하는 제품에는 두 사람이 만든 것도 포함됐다. 제품이 잘 팔린다는 말을 듣고 순수하게 기쁠 거다. 나도 기뻤다.

"그렇군. 그럼 수량을 늘려야 하나…."

내가 말한 참에 카밀로가 고개를 저었다.

"뭐, 여기에 가지고 올 수 있는 양 정도는 팔 수 있지. 하지만 굳이 양을 늘릴 필요는 없어."

가족 중 누군가가 휴— 한숨을 쉬었다.

누구인지까지는 모르겠지만. 그때 철컥 문이 열리며 지배인이 들어왔다. 카밀로는 말을 이었다.

"그래서, 그 서스펜션을 합해서 이번에는 이 정도를 줄까 하는데."

지배인이 손에 든 가죽 주머니를 테이블에 놓아뒀다. 나는 안에 든 금액을 확인했다.

놓아둘 때 소리를 듣고 설마, 하는 생각이 들긴 했다. 가죽 주머니 안에는 수많은 금화가 가득 들어있었다.

"어이, 이게 대체 뭐야?"

"뭐긴. 돈이지."

"아니, 그건 아는데…."

시치미를 떼는 대답에 쓴웃음이 나왔다. 내가 무슨 말을 하는지 카밀로도 이해했을 텐데 모르는 척하긴.

"그건 서스펜션값이야."

"괜찮다고 했잖아."

카밀로가 크게 한숨을 쉬었다.

"에이조, 괜찮다고 해도 말이지. 난 앞으로 서스펜션으로 돈을 벌 거야. 뭐, 아직 외부에 팔지 않으니 내 예상일 뿐이지만."

나는 고개를 끄덕였다. 이전 세계의 지식을 떠올려봐도 거의 확실하게 팔릴 거다. 거기에 권리 개념이 거의 없는 거나 마찬가지이니 다들 흉내를 내게 될 거고, 조만간 더는 팔리지 않겠지만 그때까진 카밀로가 기술을 독점한 상태다.

카밀로가 하는 일이니 더는 팔리지 않을 때까지의 기간을 되도록 연장할 방책도 세웠을 게 틀림없다. 그러지 않으면 그가 쉽게 기술을 밖으로 내보낼 리 없다.

"그때 공짜로 돈을 벌면 서스펜션이 팔릴 때마다 자네에게 미안해진다고."

나는 작게 흥, 소리를 냈다.

"하, 자네가 그럴 리 없지."

"너무하는군. 의외로 섬세한 사람이라고."

일부러 슬픈 표정을 짓는 카밀로. 그러나 곧 웃음을 되찾았다.

"뭐, 그건 어쨌든. 자네도 조금 더 돈을 벌 생각을 했으면 좋겠어."

리케, 디아나, 안네가 세차게 고개를 끄덕였다. 가끔 저런 말을 들은 적이 있는데 그다지 실감이 나지 않는다고 할까….

가장 큰 이유는 내가 만든 다양한 제품이 아직 치트의 도움을 받아 만들었기 때문이다. 말하자면 '내 힘'으로 만든 게 아니라 돈을 벌기 꺼려진다고 할까.

그러나 카밀로를 포함한 가족들에게 이유를 말할 순 없다. 나는 팔짱을 끼고 고개를 돌렸다.

"으음— 그런가?"

"그래. 정당하게 일을 했으면 정당한 보수를 받아야 나도 마음이 편하니까."

카밀로가 껄껄 웃었다. 문득 옆을 보자 지배인과 눈이 마주쳤다. 그도 미소 지으며 고개를 끄덕였다.

"그렇다면 이건 감사히 받을게."

나는 금화가 가득 든 주머니 입구를 묶으려고 하다가… 그 전에 열 닢 정도를 꺼내서 테이블 위에 놓아뒀다. 카밀로가 한쪽 눈썹을 들었다. 목소리의 위치로 안네가 낸 소리인지 "앗." 하는 소리도 들렸다.

"…이건 뭐지?"

"선지급을 하는 거야. 북방의 『쌀』이라는 걸 구해줘. 직접 재배하진 않을 거라 식량이라고 여기고 매입하면 돼."

이전 세계의 일본인이 상상하는, 물을 댄 논에서 키우는 벼가 성장하려면 까다로운 기후 조건과 작업이 필요하다. 논에서 키우는 벼와 비교하여 맛과 수확량이 떨어지는 밭벼는 검은 숲에서도 키울 수 있을지 모르지만. 일단 이전 세계의 쌀만큼 맛있지 않아도 한 번 쌀을 먹고 싶었다. 전 일본인이니까.

"그리고…."

"또 있나?"

과장되게 놀라는 카밀로를 향해 고개를 끄덕였다.

"희귀한 금속이 있으면 뭐든 괜찮으니까 구해줘. 돈은 지금 줄 수도 있고, 부족하면 더 가져올게."

카밀로가 조금 전과 마찬가지로 커다란 한숨을 쉬었다.

"정말 괴짜라니까."

"처음부터 알고 있었잖아."

나와 카밀로는 같이 웃었다.

희귀한 금속이라는 말을 들은 리케가 눈을 반짝이고, 디아나가 크게 한숨을 쉬는 모습이 보였다. 리디도 안네의 어깨에 손을 올리고 "원래 저런 분이에요."라고 이해할 수 없는 위로의 말을 건넸다. 사마와 헬렌은 관심이 없는지 자매처럼 나란히 하품했다.

그 광경을 본 카밀로가 히죽히죽 웃으며 말했다.

"멋대로 선지급을 해도 괜찮나?"

"아니… 음… 괜찮을… 거야."

나는 등에 식은땀이 흐르는 감각을 느끼며 대답했다. 금화 열 닢은 상당한 거금이긴 해도 우리 집은 대장간에 어울리지 않을 만큼 돈을 모아뒀고, 지금 받은 돈만 해도 주머니에 남은 금화가 훨씬 많다.

디아나가 다시 크게 한숨을 쉬었다.

“당신이 만든 걸로 돈을 버니까 괜찮지 않을까?”

말투에 조금 가시가 돋쳤으나 어쩔 수 없는 일이라고 쓴웃음을 지은 디아나가 말했다. 다른 가족들도 고개를 끄덕였다. 일단은 무사히 사후 승낙을 받았다.

“그, 그럼 용건도 끝났으니 빨리 집에 가자. 또 2주 후에 올게.”

나는 황급히 자리에서 일어났다. 카밀로는 오늘 하루 중 가장 큰 소리를 내어 웃었다.

“그래, 또 보세.”

이렇게 『일상』인 상담도 끝났다.

상담실을 나오자 들어올 때보다 아주 조금 더 더웠다. 이 복도에는 햇살이 쏟아져 들어오니까….

계단을 내려가 뒤뜰로 향하는 동안 안네가 말을 걸었다.

“보석은 안 물어봐도 괜찮아?”

“응? 아아, 그거 말이지.”

안네가 말한 보석이란 트롤을 퇴치한 보상으로 류이사 씨에게 받은 보석을 가리킨다.

“지금 당장 팔 것도 아니고, 팔아서 돈을 받는 것보단 그대로 가지고 있는 게 나을 거야.”

“뭐, 그렇긴 하지. 꽤 가치가 있는 것처럼 보였으니까.”

“대장장이 시선으로는 『재미있을 것 같은』 소재는 아니지만.”

치트로 슬쩍 확인해본 바에 의하면 받은 것 중에서 희귀한 금속은 없었다. 정말 평범한(어폐가 있는 표현이지만) 보석이었다.

그 가치를 지금 알아둘 의미도 없을 것 같으니 한동안은 우리 집 자산으로써 가지고 있기로 했다.

“하지만 슬슬 금화나 보석을 보관할 장소를 생각해봐야겠어.”

2주에 한 번 납품하러 마을을 왕복하면서 까맣게 잊었을 뿐 우리 집은 다른 사람은 들어오려고 하지 않는 『검은 숲』 깊숙한 곳에 있다. 편하게 오갈 수 있는 장소가 아니다.

부주의하게 발을 들이면 길을 잃을 만한 울창하게 자란 나무와 천연 경비병으로 기능하는 늑대들도 있다. 변칙적이긴 해도 곰과 멧돼지, 사슴들도 사실은 『검은 숲』에 어울리는 위험한 생물이다. 그들과 마주치면 무사히 지나갈 수 있을 리 없다.

만약 근처까지 왔다 하더라도 집 주변에 『결계』 마법이 걸려 있다. 그 결계를 돌파하지 못하면 우리 집에 들어올 수 없다. 경비가 삼엄한 기지 안에 사는 거나 마찬가지다.

반대로 말하자면 이 모든 조건을 전부 돌파할 수 있는 사람(예를 들어 헬렌이나 안네)은 그에 걸맞은 실력과 운이 따라줬다는 뜻이다. 그런 사람이 우리가 집을 비웠을 때를 노리면 다소의 방범 장치를 설치해봤자 의미가 없다.

그래서 방법에 대해선 가볍게 생각하면서도 어쩔 수 없는 부분이 있다. 하지만 그게 앞으로도 무방비하게 살아도 괜찮은 이유가 되진 않는데….

"비밀 금고는 좀 지나치더라도 훔치기에 성가신 뭔가가 필요해."

"내가 진심으로 만들면 보검이 아닌 한 부술 수 없는 금고를 만들 수 있을 거야. 만들어서 창고에 넣어두는 것도 괜찮고."

물론 고생해서 창고 밖으로 옮기고 조금 떨어진 곳에서 내용물을 확인할 수도 있다. 그러나 집 밖은 전부 『검은 숲』이다. 내용물을 확인하는 동안에도 늘 위험이 도사리고 있다.

그렇다고 해서 무거운 금고를 숲 밖으로 옮기려면 그건 그것대로 고생할 거다. 그런 걸 훔치려는 사람은 거의 없을 거다.

"창고에? 눈에 닿는 곳이 아니라?"

"집 안에서 도둑과 마주쳤다가 만에 하나의 일이 생기는 것보단 우리가 모르는 사이에 가져가는 게 위험이 적으니까."

"쿠루루랑 루시는 어떻게 하고?"

"그 아이들은 똑똑하고 감이 좋아서 위험하면 도망칠 거야. 그게 아니면 어디에 놓아두든, 우리에게 경고해줄 거고… 아마도. 집에서도 묶어두진 않잖아."

실력자 여러 명이 우르르 밀려들었을 때도 포기하는 수밖에 없다. 집과 대장간을 포기하는 상황도 예상하고 움직여야 한다.

안네가 큰 한숨을 쉬며 말했다.

"에이조도 잘 알다시피 우리 집에는 『숲속의 대장간』에 어울리지 않는 금품이 있다는 사실을 염두에 둬야 해. 카밀로 씨도 에이조에게 무슨 일이 생길 것 같으면 제거하려고 할 거고, 후작 각하나 백작 각하도 마찬가지겠지. 그래도 언젠가는 어쩔 수 없는 순간이 있을 거야."

"그건… 그렇네."

왕국에선 거의 최고 레벨의 사람들과 인연이 있다고 해도 그게 안전을 보장하진 않는다. 예를 들어 제국의 황제 폐하가 직접 손을 쓴다면 이야기가 굉장히 복잡해지긴 해도 불가능하진 않다.

모르는 사람이 보면 난 평범한 대장장이 아저씨에 지나지 않는다. 아니, 실제로 대장장이 아저씨에 불과하지만.

게다가 마리우스의— 에이무르 가문 소동 때 카렐(에이무르 가문의 차남으로, 진상을 숨기고 있으나 지금은 고인이다.)을 도왔던 건 누구인지 신경 쓰였다.

마리우스와 디아나도 카렐 혼자 할 수 있는 일이 아니라고 말했고, 그럴듯한 인물이 도왔던 게 틀림없다. 에이무르 가문 소동과 관련된 사람 모두의 견해이기도 했다. 그 문제를 고려하면….

"으음— 우리 집의 요새화와 피난용 집 건축도 시야에 넣어야 하나…?"

작게 새어 나온 말에 기뻐하는 목소리와 질려하는 목소리가 섞여 뒤뜰에 울려 퍼졌다.

카밀로의 가게 뒤뜰에 '그것'이 있었다. 높이 솟은 나무판에 둘러싸인 그것은 마치 요새 같았다.

아니, 이건 역시 말이 지나친가. 점원이 만들어준 그늘에서 우리 집 두 딸이 뒹굴뒹굴 굴러다니고 있었다.

드러누운 딸들 곁에 앉아있던 점원이 우리를 발견하고 일어섰다.

"아, 끝나셨나요?"

"항상 돌봐줘서 고마워. 이걸 만드느라 힘들었지?"

"아뇨, 가게 분들이 다들 도와주셨어요."

"헤에, 그렇구나."

항상 딸들을 맡겨서 미안했으나 의외로 이 가게 사람들도 점원과 우리 딸들을 흐뭇하게 지켜봤나 보다.

그렇다면 괜찮겠지. 나는 항상 건네는 팁을 평소보다 많이 건넸다. 일을 한 사람에겐 보수로 보상해야 한다. 내가 말해도 미묘하게 설득력이 없는 것 같지만.

"도와준 가게 분들이랑 나눠서 써."

"항상 감사합니다."

"나야말로 고마워."

나는 꾸벅 고개를 숙인 점원의 머리를 거칠게 쓰다듬었다.

어느새 쿠루루와 루시가 잠에서 깨어났다. 루시는 아장아장 거리며 디아나의 주위를 뛰어다녔다.

"이 녀석, 위험하잖아."

입으로는 그렇게 말하면서도 디아나의 얼굴은 헤벌쭉한 미소를 숨기지 못했다. 나는 디아나의 옆에 서지 않았다. 즉, 내

어깨는 아직 무사하다.

쿠루루는 창고 쪽으로 가는 리케와 리디의 뒤를 따라갔다. 본인이 뭘 하면 되는지 완벽하게 이해한 것처럼 보이는 건 부모의 시선이라 그럴까. 뭐, 자랑스러운 딸이다. 다소 콩깍지가 씌어도 어쩔 수 없지.

수레를 연결하고 바로 모두 올라탄 후 마을을 나왔다. 아무 일도 없으면 2주 후 다시 찾아올 예정이다.

다음에 올 때 이 마을의 상황이 달라질까. 아니면 똑같을까. 그런 생각을 하며 나는 길을 오가는 사람들을 바라봤다.

돌아가는 도중에도 아무 일 없이 무사히 집에 도착했다. 기본적으로 아무 일도 일어나지 않아서 어쩌면 이 세계는 안전한 곳이 아닐까 착각할 것만 같았다.

그러나 경비병이 도로를 빈번하게 순찰하는 점, 숲에선 사먀가 귀찮은 일이 생길 만한 곳을 피해 길을 가르쳐주는 점이 컸다. 둘 중 하나라도 없었다면 높은 확률로 성가신 일에 휘말릴 게 뻔하다.

그만큼 반동인지 모르겠지만 성가신 사건이 생겼을 땐 대부분 규모가 크거나 어려운 사건이 발생했다. 하지만 이건 경비병과 사먀와는 상관없는 일이니까….

평소처럼 집에 돌아가 짐을 내리고 있는데 먼저 집에 들어갔던 리케가 크게 외쳤다. 무슨 일인가 하고 가보자 그녀가 나무토막을 들고 있었다.

"이게 문 앞에 놓여있었어요."

리케에게 건네받은 나무토막을 잡아봤다. 자세히 보니 표면에 상처를 내서 작은 글자를 적었다. 읽어보니 다음과 같은 내용이 적혀있었다.

『에이조 씨에게. 오늘 들러봤는데 외출 중이신 것 같으니 다시 찾아오겠습니다. 지젤.』

글자를 또박또박 써서 나무토막에 상처를 냈을 뿐인데도 읽기 편했다. 이거, 내가 준 단검으로 쓴 건가?

"지젤 씨가 왔었구나."

"그런가 봐요."

아마 온천 위치 이야기를 하러 왔을 거다. 『병』과 관련한 일이었다면 돌아가지 않고 기다렸을 테니까. 온천 위치는 빨리 들으면 좋지만 늦게 들어도 곤란하지 않으니 다음에 왔을 때 대접하도록 할까.

"우리가 집을 비웠을 때 온 사람이 알아볼 수 있도록 팻말 같은 걸 만들까."

손님이 거의 오지 않는 집이고, 목적이 있으면 기다리는 손님이 많긴 해도 가끔 찾아오는 사람의 편의성을 고려하는 것도 괜찮은 생각 같았다.

"그게 좋겠네요!"

새로 뭔가를 만든다는 말에 흥분한 리케를 집 안으로 들여보낸 나는 다시 짐을 내리기 위해 수레 쪽으로 향했다.

8장
여름의『일상』

"그럼 오늘부터 연결 복도 제작을 시작할까."

납품을 위해 마을에 다녀온 후 일주일 정도가 지났다. 다음에 납품할 단검, 검(롱 소드와 쇼트 소드 둘 다), 창을 다 만든 날. 나는 저녁 식사 자리에서 연결 복도 건축을 선언했다. 다들 "오오~." 하고 환성을 지르거나 손뼉을 쳤다.

"그런데 어떤 걸 만들지 아직 정하지 못했어."

"어떤 거? 연결 복도에도 종류가 있어?"

고개를 갸웃거리는 사마에게 끄덕끄덕 고개를 끄덕였다.

"할지 말지는 차치하고, 바닥에서 얼마나 높이 띄울 건지 정해야지."

"너무 높으면 연결 복도를 건너다니기 힘들겠네요."

리디가 말했다. 그녀는 쿠루루와 루시를 제외하면 가족 중에서 가장 정원에 오래 있는 사람이다.

리케는 정원에 거의 나가지 않고, 다른 네 사람은 훈련하러 매일 앞뜰에 나간다. 그러나 밭, 쿠루루와 루시의 오두막, 창고가 있는 뒤뜰은 거의 가지 않았다. 단순히 용건이 있는 것도 아니고.

나는 다시 고개를 끄덕였다.

“쿠루루와 루시도 묶어두지 않으니 너무 높으면 이동하기 힘들어서 곤란할 거야. 너무 높이진 말자.”

“그래야겠네….”

디아나가 턱에 손을 대고 고개를 돌렸다. 딸들에 대한 건『엄마』의 의견을 받아들여야겠지.

“평소에도 물론이고, 여차할 때 쿠루루와 루시의 움직임을 방해하지 않을 만한 걸 만들어야겠어.”

“그러게.”

예를 들어 화재 때 도망칠 길이 막혀선 안 된다.

물론 여차할 땐 연결 복도와 집을 전부 부숴서라도 쿠루루와 루시를 지킬 거다. 그러나 두 사람을 챙기지 못하는 상황이 생길지도 모른다.

그럴 때 후회하지 않으려면 일상의 쾌적함과 편리함, 디자인 등 다양한 요소에 눈감을 각오를 했다.

리디가 쓱 손을 살짝 들고 이야기했다.

“비가 올 때도 오두막과 창고, 나중에는 목욕탕에 갈 수 있도록 한다는 목적을 달성하면 되는 거죠? 그럼 땅바닥에 판을 깔면 충분하지 않을까요? 그럼 계획이 변경됐을 때도 비교적 편하게 대처할 수 있고요.”

“거기에 지붕을 얹으면 목적은 달성할 수 있나.”

리디가 작게 고개를 끄덕였다. 앞으로 만들 시설이 목욕탕(온천)뿐만은 아니다. 그때 다시 만들려면 편하게 대처할 수 있게 만드는 게 나으려나. 흙 위에 판을 깔아두면 언젠가 덜그럭거리겠지만 그때마다 보수 공사를 하면 되고.

이전 세계의 산에서도 비슷한 산책로(물론 지붕은 없지만)를 본 적이 있다. 그렇게 황당무계한 이야기는 아니다… 아마도. 산속이나 숲속이나 비슷하니까.

"그럼 기둥을 세우고 지붕을 얹기로 하자. 복도 부분은 판… 이라고 할까, 작은 기둥을 줄지어 박아서 만들기로 하고, 바로 내일부터 공사를 시작할까."

내 말에 다들 동의하는 대답을 했다. 왠지 그래야 할 것 같아서 우리는 그대로 건배를 했다.

◇ ◇ ◇

다음 날. 물 긷기와 아침 식사를 마친 우리 가족은 딸 두 명을 포함하여 모두 정원에 모였다.

"자, 우선 역할 분담을 하자. 맡고 싶은 작업이 있는 사람은 지금 말해줘. 다른 일을 하고 싶으면 그래도 되고."

만약 방을 증축하는 거라면 힘이 세고 덩치가 큰 헬렌과 안네를 어디에 배정할지가 중요하다. 속도가 차원이 다르기 때문이다.

그러나 이번에는 방을 만드는 게 아니다. 물론 기둥이 금방 쓰러지면 문제가 생기겠지만 어지간해선 쓰러지지 않을 만큼 강도를 확보하면 된다.

일상적으로 지나다닐 장소라 위험해 보이면 바로 알 수 있다. 위험한 부분은 발견하자마자 보수하면 문제가 없을 거다.

게다가 다소 시간이 걸리는 정도는 괜찮겠지. 지금까지 만든 건축물과는 달리 있어도 그만, 없어도 그만이지만 있으면 더 좋을 뿐이다. 없어도 당장 곤란하진 않다.

그렇다면. 기왕 작업을 한다면 조금이라도 재미있게 하길 바랐다. 개인적으로 하고 싶은 일이 있으면 그쪽을 우선시하길 바랐다.

다행히 다른 일을 하고 싶다고 손을 드는 가족은 없었다. 뭐, 도시와 다르게 숲에선 할 수 있는 일이 거의 없으니까….

숲에서 살면 오락거리가 적은 게 단점이다. 재봉을 비롯하여 필요한 물건 수선은 일상적으로 해야만 하는 품목도 많아서 아직은 심심할 틈이 없지만.

"그래. 그럼 시작할까. 연결 복도를 만들 코스를 그릴 테니까 그 선을 따라서 기둥을 세우자."

숲속에 찬성의 목소리가 울려 퍼졌다. 마치 이 숲에서 새로 태어난 자그마한 동물이 내는 가냘픈 첫 울음소리 같았다.

테라스 옆에 막대를 세우고 끈을 묶었다. 끈을 팽팽하게 잡아당긴 후 한계 지점에서 그대로 유지하라고 했다.

이제 이 줄을 따라 선을 그으면 거의 직선 형태의 복도가 될 거다. 다소 휜 곳이 생겨도 그건 애교로 넘어가자.

땅바닥이 딱딱해서 집에 있는 창(물론 판매할 제품은 아니다) 물미로 선을 그렸다. 생각보다 긴 직선을 그렸으나 이건 아직 첫걸음에 지나지 않았다.

일단 끈을 회수한 후 다른 막대기를 준비했다. 길이는 약 1m 정도다. 이걸 아까 그은 선의 시작과 끝에 대고 1m 간격을 벌려 평행한 선을 그려야 한다. 사람이 두 명 나란히 걸을 수 있는 폭이니 연결 복도로서는 충분하다. 일단 쿠루루도 지날 수 있을 정도다.

같은 작업을 반복하여 아직 존재하지 않는 연결 복도를 오두막 근처로 이었다. 오두막과 연결 복도 사이에도 지붕을 달아도 괜찮을 거다. 높이가 낮으면 안 되니 지붕의 의미가 있을지는 의문이지만.

그 끝에서 옆을 향해 선을 이었다. 이번에는 창고에 도착했다. 이제 선 긋기 작업은 한차례 끝났다. 나머지는 기둥을 세우고 지붕을 얹고 나무를 깔아 통로를 만들면 된다. 말을 하면 간단하지만 나름대로 힘든 작업이다.

"그럼 각자 나눠서 작업하자."

내 말에 알겠다는 대답이 돌아왔다. 물론 "쿠루루루루루루."라는 목소리와 "왕왕!"도 함께 들렸다.

기둥과 지붕을 만드는 작업은 방 증축을 해왔던 우리 집에선 나름대로 익숙한 작업이다. 일정 간격으로 구멍을 파고 바닥을 굳힌 후 구멍에 나무를 세웠다. 이건 힘이 센 리케와 헬렌, 안네, 그리고 쿠루루가 담당했다.

물론 다른 가족들도 그동안 쉬지 않았다. 사마와 리디는 지붕으로 만들 나무판을 자르고, 나와 디아나도 통로에 깔기 위한 나무를 잘랐다.

"이건 이런 모양으로 하면 돼?"

디아나가 나무를 들고 말했다. 직사각형의 긴 변이 10cm, 짧은 변이 5cm, 길이 1m 정도의 각기둥을 들고 있었다. 두꺼운 나무에서 잘라서 수량이 꽤 많이 나올 거다.

"응. 크기는 그 정도면 돼."

나는 고개를 끄덕였다. '판을 까는' 방식이라고 해도 철로의 침목*처럼 나무판을 살짝 매몰해서 설치하면 땅바닥에서 살짝 튀어나와서 어지간하면 물이 올라오진 않을 거다. 만약 물이 고이면 배수용 도랑을 파도 되고. (*주석#4 침목: 선로 아래에 까는 나무나 콘크리트로 된 토막.)

조용한 숲에 작업 소리가 울려 퍼졌다. 원래 이곳은 『검은 숲』 중에서도 마력이 짙어서 평범한 생물은 다가오지 않는다고 했는데, 이만큼 소리가 나면 경계해서 다가올 수도 있겠군….

슬슬 이 숲의 늑대와 곰에게도 『저긴 다가가면 안 돼.』라고 인식하게 만들 방법이 없을까. 사슴과 멧돼지가 도망치면 귀중한 식량 자원이 사라지기 때문에 곤란하지만 늑대나 곰 등 위험한 동물은 다가오지 않는 게 가장 좋다.

"왕왕!"

그런 내 생각을 아는지 모르는지 루시가 작업을 하는 가족들 사이를 뛰어다녔다. 구멍을 파거나 작은 나무토막을 물고 옮기며 분주하게 돌아다녔다. 본인은 도와주고 있다고 여기나 보다.

도움이 되냐고 묻는다면 전혀 도움이 되지 않지만, 이런 건 기분의 문제다.

"언젠가 정말 도와주게 될까."

"그럴지도 모르지."

루시는 나무에서 떨어진 나뭇가지를 물고 의기양양하게 사야와 리디가 있는 곳으로 뛰어갔다. 나와 디아나는 그 광경을 지켜보며 둘이 이야기했다. 디아나의 눈꼬리가 완전히 내려갔다. 아마 나도 똑같은 표정을 짓고 있을 거다.

부모에게 있어 열심히 노력하는 딸의 모습은 너무나 귀엽다. 아무리 앞으로 루시가 2m가 넘는 초거대 늑대가 된다고 하더라도 마음만큼은 항상 변함없을 거다.

루시가 아직 선만 그어둔 연결 복도를 지나갔다. 길이라고 할 수 없는 길을 작은 몸으로 지나다니는 모습이 순간 훌륭한 연결 복도를 뛰어다니는 우아한 늑대의 모습으로 보였다.

꼬박 하루를 소비하여 기둥 팀의 작업이 거의 끝나고 바닥과 지붕 팀이 재료 자르기를 끝냈다. 내일 이후로는 조립에 들어갈 예정이다.

“가끔 하는 거긴 해도, 이런 작업도 가끔은 괜찮네.”

작업을 끝내고 뒷정리도 마친 나는 혼잣말을 했다. 사먀, 디아나, 헬렌, 안네는 검술 훈련을 하러 부지런히 정리한 후 그대로 훈련용 목검을 가지고 오기 위해 뛰듯이 집으로 돌아갔다.

이 부근에서는 최강이라고 해도 과언이 아닌 헬렌에게 매일 훈련을 받은 다른 세 사람은 부쩍부쩍 실력이 늘었다.

“앞으로 한두 달만 더 훈련하면 수도의 무슨 기사단장보다 강해질 거야.”

최근 헬렌이 그런 말을 했다. 그렇구나. 류이사 씨가 이 숲의 최강 전력이라고 보증할 만하다.

원래 『검은 숲』에 살던 사먀는 어쨌든 다른 두 사람은 우리 집에 잠시 머무는 중이다. 예를 들어 안네를 제국 최강의 검사로서 돌려보내게 된다면 어떻게 될까(뭐, 그 황제 폐하라면 기뻐할지도 모르지만). 그러나 환하게 웃으며 이야기하는 헬렌을 보고 나는 “적당히 해….”라고 대답하는 게 고작이었다. 오늘도 쿠루루와 루시가 지켜보는 가운데 시끌벅적한 시간을 보낼 거다.

그런 네 사람을 배웅하며 쓴 도구를 들자 리케가 감격한 듯 주위를 둘러보던 중이었다. 나도 빙글 주위를 둘러봤다.

처음에는 아담한 집과 대장간뿐이었던 우리 집에 방이 늘어나고 테라스도 생겼다. 뒤뜰이 중앙정원이 되고, 리디 덕분에 훌륭한 밭이 생겼다. 앞뜰 구석에는 화살을 쏘거나 훈련을 위한 과녁도 생겼다. 그 주위만 훈련장처럼 보였다.

그리고 쿠루루와 루시가 사는 오두막을 만들었고, 그 옆에는 창고도 두 개 있다. 그리고 안채와 오두막, 창고를 잇는 연결 복도를 건설하는 중이다.

물은 지금도 호수에서 길어오고 있고, 우물도 만들어서 물 부족으로 고생할 일은 거의 없을 거다. 앞으로 온천도 만들 예정이다.

방도 지금은 빈방이 있으나 만에 하나 그 방이 차서 방을 더 늘려야 할 경우, 당장은 계속 끝에서부터 이어나갈 예정이다. 하지만 그것보다는 별채를 만들고, 거길 증축하는 게 나을지도 모른다.

내가 뭔가를 떠올린 걸 감지한 듯 리케가 말했다.

"곧 여기가 마을이 되지 않을까요."

"으, 으음——…."

별채를 만들어서 주거 공간을 늘리면 역할 분담도 순조롭고, 각자의 생활이 생긴다. 모두 가족이라는 점은 변함없으나 공동체라고 해도 될 수준에 도달했을 때 그 지역을『마을』이라고 부른다.

물도 식량도 구할 곳이 있으니 다소 인원수가 늘어나도 생활 수준 유지가 힘들진 않을 거다. 성립할 만한 조건은 전부 갖췄다.

"원래 숲에 살던 사마와 제자인 넌 괜찮을 거고, 여기서 숨어 지내야만 하는 사람이 많이 늘어나진 않겠지…."

디아나는 왕국 백작 가문의 영애, 안네는 제국의 제7 황녀,

리디는 희소한 지식을 가진 엘프다. 헬렌은 용병이지만 부근의 세력 균형에도 영향을 미칠 만한 실력자다. 애초에 생활에 마력이 필요한 엘프 리디는 선택지가 없지만, 언젠가 도시나 수도에서 살기에는 지장이 있는 상태다.

그런 사람이 마을을 하나 만들 만큼 많이 생기면 이 세계의 통치자는 대체 뭘 하는 거야 따지고 싶을 거다. 그야말로 류이사 씨를 경유해서라도 좋으니 『대지의 용』에게 맹렬하게 항의해야만 한다.

그런 생각을 리케에게 말하자 그녀는 회의적인 눈빛으로 말했다.

"여기에는 공화국도 있고, 스승님은 성가신 사건에 자주 말려드는 분이시니까요."

"네… 조심하겠습니다…."

네 사람에겐 실례지만 마치 버려진 고양이를 계속 줍는 어린아이를 나무라는 어머니 같아서 몸을 움츠렸다.

저녁 식사 때 문득 우리 집에는 왕국과 제국 사람이 있구나, 하는 이야기가 나왔다. 그때 나온 화제 중 『에이조 공방은 어떤 태도를 유지할 것인가』라는 내용이 있었다.

결론부터 말하자면 『주위에서 보기에는 중립』이라고 했으나 막상 무슨 일이 일어났을 때를 위해 어떻게 행동할지 미리 정해두는 것도 중요하지 않을까, 하고 안네가 말을 꺼냈다.

“그렇다고 해도 전에도 말했듯이 제국(우리는)은 타국의 편을 들지 않는 이상 괜찮을 거야.”

“난 왕국 출신이지만 오빠도 그렇게 말할 거고.”

“나도 전에 말했듯이 실제로 어딘가에 소속해봤자 의미가 없으니까.”

우연히 눌러앉았다… 라고 할까, 집을 받은 게 『검은 숲』이었을 뿐, 여기가 제국 산악지대였다면 거기에서 살았을 거다.

류이사 씨의 태도를 보아 『검은 숲』에 집을 마련해준 건 어느 정도 의도가 있었을 거라 짐작하고 있지만. 이건 다른 가족에겐 말할 수 없는 사정이다.

“거주지가 여기고 어쩌다 보니 왕국의 높으신 분들과 친구가 됐을 뿐 막상 왕국과 제국이 전쟁을 일으켰을 때 『그럼 난 왕국을 도와야지.』라고 하는 때는 없을 거야. 개인적으로 마리우스를 도와줄 순 있지만.”

내가 알고 있는지 어떤지로 말하자면 왕국의 국왕은 본 적도 없으나 제국의 황제와는 만난 적이 있다. 그 흐름만으로 말하자면 제국 쪽에 훨씬 친근감을 가지고 있다. 그렇다고 해서 도와주겠다는 마음이 들지 않는 건 제국도 왕국도 마찬가지다.

그러나 친구를 못 본 척하고 싶지 않은 것도 확실했다. 안네가 크게 한숨을 쉬었다.

“결과적으로 왕국 편을 들 확률이 더 높지 않아? 백작이 의뢰하면 받아들일 셈이잖아?”

"으음— 뭐, 그건 그렇겠지만…."

마리우스가 『미안하지만 검을 열 자루 만들어주게.』라는 말을 하면 어떨까. 최상급 무기를 만들지 않는다고 해도 부탁을 받아들이긴 할 거다.

"손님을 대접한다는 의미로서 들어온 의뢰는 기본적으로 거절하지 않아. 제국에서 의뢰할지도 모르잖아?"

"아아, 그럴 수도 있겠네."

"그렇지? 그래서 난 그쪽도 거절할 마음은 없어."

거리나 대장간을 찾아오는 길로 따지면 마리우스… 왕국 측이 의뢰하기 쉬울 뿐 지금은 힘들긴 해도 카밀로를 통하는 루트로 내게 의뢰를 할 수 있다.

그런 의미에서 카밀로는 우리와 가까운 입장일지도 모른다. 그렇군, 그래서 가족들이 『악동 3인방』이라고 부르는 거구나.

"내가… 우리가 만든 무기가 사람을 다치게 하고, 어쩌면 죽이는 데 쓰이는 건 이미 받아들일 수밖에 없다고 여기고 있어. 그 사실을 잊진 않겠지만."

이건 아직 여기에 온 지 얼마 지나지 않았을 때. 사먀와 리케, 디아나밖에 없었을 때 토로했던 심정이다. 어떻게 하면 좋을지 망설였으나 난 이제 망설이지 않기로 다짐했다.

"누구의 의뢰든 받겠다는 거지?"

"그렇지."

역시 중립의 태도를 유지할 거다. 만약 마왕과 용사(용사가 있는지는 모르겠지만) 양쪽에게 의뢰받아도 난 평등하게 검을 만들어 줄 거다.

직접적으로 이해관계가 엮인 두 사람도 결국 이 결론에는 불만이 없었다. 『뭐, 여기 살고는 있긴 한데….』 정도인 다른 네 사람도 말을 얻었다.

“난 왕국과 제국이 무슨 말을 하건 관심 없어.”

“나도 마찬가지야.”

“저도 그다지….”

이 『검은 숲』에 살던 사먀는 국가라는 존재가 실감이 들지 않나 보다. 마을에서 사는 수인족이라면 다르겠지만.

헬렌은 원래 용병이다. 제대로 돈만 내면 진영은 그다지 상관이 없다. 제국에선 좋지 않은 추억이 있었으니 같은 조건이라면 왕국을 선택할지도 모른다, 정도였다.

리디는 엘프라는 점도 있어서 세간과 어느 정도 거리를 두는 편이니까….

“전 스승님의 선택에 따를게요!”

리케가 힘차게 선언했다. 그 대답에 주위의 다른 가족들이 “역시나.”와 “이런, 이런.” 이 섞인 표정을 지으며 대화를 마쳤다.

9장
여름밤의 수업

다음 날 아침. 다시 연결 복도 건축을 시작했다. 기둥 팀인 안네와 리케는 지붕 팀에 들어가고, 헬렌은 바닥에 깔 판을 만드는 팀에 들어갔다. 키가 큰 헬렌을 지붕 쪽으로 보내지 않은 이유는 리케가 지붕을 만드는 데 익숙하기 때문이다. 그 대신이라고 하기에는 이상하지만 우리 집에서 제일 키가 큰 안네도 지붕 쪽으로 보냈다.

기둥을 세울 때 중장비로서 대활약을 한 쿠루루는 자재 운반을 맡기로 했다. 치어리더(치어울프?) 루시는 본인이 맡은 중요한 역할을 계속했다.

지붕 팀은 기둥과 기둥을 잇기 위해 척척 들보와 도리를 조립했다. 역시 하루 이틀 만에 끝나진 않겠지만 어쩌면 가능할지도 모른다는 생각이 들 정도로 빨랐다.

한편 바닥 팀은 침목(철로가 아니기에 '침목과 비슷한 것'이지만)을 박기 위해 삽으로 땅바닥을 파고 움푹 파인 곳에 침목을 늘어놓는 작업을 했다. 이건 이것대로 하루 이틀 만에 끝나지 않을 거다.

일찍 끝내고 싶었으나 반드시 서둘러야만 하는 작업도 아니고, 다음 납품일에 납품할 물건은 이미 다 만들어둬서 다음의 다음 납품에 영향이 미치지 않는다면 일단 괜찮다.

“그럼 내가 땅을 팔 테니까 다들 나무를 얹어줘.”

『네—.』

어떻게 된 건지 이 작업에도 생산 치트가 적용됐다. 따라서 내가 땅을 파고 다른 가족들이 침목을 놓아두고 묻는 방식을 채용했다. 다소 평평하지 않은 부분이 있을지 몰라도 지나치게 걷기 힘든 부분 외에는 눈을 감기로 했다. 길에 있는 요철 정도에도 눈을 감으면 안 될 정도로 귀중한 물건을 옮겨야 할 땐 처음부터 외부 창고에 넣지 않고 집 안에 있는 창고에 넣어둘 테니까….

증강한 근력과 치트 덕분에 이 숲의 단단한 흙도 쉽게 파냈다. 가끔 돌도 나왔으나 그건 헬렌이 제거… 한다고 할까, 작은 건 엄청난 속도로 빠르게 던져버렸다.

계속 같은 방향으로 던졌으니 집 근처에 사람이 있어도 그 방향을 피해 가면 된다. 그래도 운 나쁘게 지나가던 사슴이 있다면 처리해야 할지도 모르는데…. 사마와 루시가 반응이 없는 걸 보아 아마 괜찮을 거다.

돌을 제거한 구멍에는 파낸 흙을 채우고 가볍게 두드려 굳혔다. 그렇게 평평해진 구덩이에 침목을 옆으로 놓아두고 빈틈에는 역시 흙을 채우는 작업을 반복했다.

작업 중간마다 루시가 신나게 뛰어가 헬렌이 던진 돌을 주워왔다. 칭찬해야 할까, 그러지 말라고 해야 할까(결국 칭찬해줬더니 계속 돌을 주워왔다) 고민하던 순간도 있었으나 작업 자체는 순조롭게 진행됐다. 슬슬 날이 저물 무렵 작업을 끝내자고 가족들에게 외치려던 때, 귀에 익은 목소리가 들렸다.

"실례합니다."

"네, 네."

목소리가 들린 쪽을 돌아보자 작은 인형이 보였다. 요정족의 수장, 지젤 씨다. 나는 일단 머리를 숙여 사과했다.

"얼마 전에는 집을 비워서 죄송합니다."

"아니에요, 신경 쓰지 마세요. 이 『검은 숲』에서 사는 장소가 다른 존재의 일정이 일치하는 게 더 신기하니까요."

지젤 씨는 방울이 굴러가는 듯한 목소리로 말하며 환하게 웃었다. 우리 집은 대장간이라 거의 집에 있지만 이 숲에서 사는 『인간』은 그러지 않은 사람이 더 많다. 약속을 잡을 만한 방법이 없으면 연락하기 힘들지.

"지젤 씨가 오셨다는 건."

"네, 맞아요."

지젤 씨가 만면의 미소를 지었다.

"온천이 솟는 장소를 가르쳐드리러 왔어요."

그럴 거라고 예상은 했으나 역시 기쁜 건 기뻤다. 디아나는 그때 내가 얼마나 기뻐했는지를 회상하며 "본인에게 자식이 태어나도 그렇게까지 기뻐하진 않을 거야."라는 말을 했다. 그만큼 기뻐했나 보다.

"자, 일단 들어가시죠."

그렇게까지 들떴던 나는 뒷정리도 대충 하고 지젤 씨를 집 안으로 안내했다. 가족들이 어이없다는 표정을 지었다.

"어쩐지 재촉한 것 같아서 죄송해요."

지젤 씨가 머리를 숙였다. 지금은 저녁 식사 시간이라 지젤 씨에게도 똑같은 음식을 대접했다. 나는 얼굴 앞에서 손을 흔들었다.

"아뇨, 지젤 씨가 드시는 양은 전혀 부담되지 않아요."

실제로 지젤 씨와 같은 요정족은 전혀 안 먹는다고 해도 좋을 정도로 음식을 먹지 않는다. 쿠루루와 마찬가지로 신체를 유지하는 힘으로 대부분 마력을 쓰기 때문이다.

게다가 요정족은 고기를 그리 좋아하지 않았다. 그래서 수프를 한두 숟가락 정도만 대접했다. 그만큼 적은 양이 부담될 리 없다.

지젤 씨 앞에는 우리 집에서 제일 작은 컵에 담긴 수프밖에 없었다. 적다고 해도 지젤 씨의 몸 크기와 비교하면 양동이에 수프를 가득 채운 것만큼 양이 많다.

"슬슬 요정족 분들이 쓰실 식기와 가구도 만들어야겠네요."

우리 집에는 거인족과 요정족 등, 인간족이나 그에 가까운 종족과 몸집에 차이가 나는 종족이 쓸 만한 식기와 가구가 없다. 언젠가 만들어야 한다고 생각은 하고 있었으나 필수 사항은 아니라 결국 준비하지 않은 채 그대로 지냈다. 요정족용 도구는 지젤 씨가 온천의 위치를 알려주러 온다는 사실을 알고 있었으니 연결 복도보다 먼저 만들었으면 좋았을 텐데.

거인족용 도구는 쓸 만한 사람이 안네의 어머님(즉, 황비님) 정도라 서두르지 않아도 괜찮을… 거다. 황비님이 쉽게 찾아오셔도 곤란하고.

그렇다고 해도 앞으로 만들지 않으면 평범한 거인족 고객이 찾아왔을 때 곤란할 텐데. 연결 복도를 만든 후 온천을 만들기 전에 요정족과 거인족용 도구를 만들어둘까….

지젤 씨가 눈을 동그랗게 떴다. 인형처럼 생겨서 그런지 너무나 귀여웠다. 디아나와 안네가 싱글벙글 웃었다.

"아뇨, 괜찮아요!"

"저희에게도 손을 쓰는 연습이 되니까 괜찮아요. 여기서 머무르실 때도 있을 거고요."

아마 가족들은 「병 치료」 이야기라고 여길 거다. 그러나 나는 이전 세계의 지식을 요정족에게 가르쳐줬으면 한다는 『대지의 용』의 부탁도 포함해서 이야기했다. 너무 오래 머물면 수상쩍어하겠지만 가끔 단기 체류를 하는 건 같은 숲에서 사는 사람들끼리 친분이 있어서 놀러오는 거라 여기고 의심하지 않을 거다. 그렇게 머무는 중에 틈을 보아 전할 예정이다.

"으음—…. 제가 가지고 오는 방법도 있긴 한데요…."

"우리 집은 대장간이니까요. 컵은 나무를 깎아 만들 거고, 스푼과 포크는 저희의 전문 분야죠."

"만들어주신 단검을 보면 아마 잘 만드시겠죠…. 그럼 부탁드립니다."

"네."

요정들은 그럴 의도가 없었다고 하더라도 친구 부부의 무사를 기원하는 충분한 보수를 받았다. 반대로 이 정도라도 하지 않으면 내가 더 미안했다. 만들 수 있게 해줘서 다행이다.

"헤에, 역시 엘프랑은 다르군요."

저녁 식사를 하며 안네가 말했다. 엘프와 요정족은 정말 다른가? 에 관심을 보였다. 참고로 딱히 숨길 일도 아니라 리디가 직접 엘프에 대해 설명했다. 그래서 엘프도 신체를 유지하기 위해 마력이 필요하고, 그러기 위해 마을에서 거의 볼 수 없다는 건 안네도 알고 있다. 리디의 설명을 들은 안네는『그렇구나. 그럼 아무리 아버님이라도 왕비로 맞이할 수 없겠네.』라고 말했다.

"저희 요정족은 마력에 가까운 존재예요. 그 마력이 인간족 같은 존재에게 끌리는 거죠."

"지젤 씨의 말을 빌리자면 저희 엘프는 인간족과 비슷하지만 마력에 조금 더 다가간 존재고요."

신체의 크기는 달라도 자매처럼 닮은 부분이 있는 두 사람이 미소 지었다. 어쩐지 미소 짓는 표정이 똑같아 보였다. 과연, 안네가 궁금해할 만하다.

“필요한 마력의 양이 다른 건 그런 이유에서였군요.”

『그렇죠.』

안네가 고개를 끄덕이며 말하자 두 사람이 입을 모아 대답했다. 그 모습에 정말 자매 같다고 생각하며 수프를 한 모금 먹었다.

저녁 식사를 마친 후 지젤 씨가 선언했다.

“자, 그럼 에이조 씨가 특히 고대하던 온천 이야기를 해볼까요!”

짝짝 박수 소리가 울려 퍼졌다. 지젤 씨가 살짝 자랑스러워했다.

“선언하자마자 죄송한데, 종이와 펜이 있을까요?”

곧바로 미안해하는 지젤 씨. 리디가 거실 구석에 놔둔 찬장에서 잉크와 펜, 그리고 종이를 가져왔다.

필기 용구는 있지만 요정족 크기가 아니다. 어쩌면 저 작은 몸으로 열심히 펜을 움직여 글을 쓰는 걸까. 그건 좀 보고 싶은데. 디아나와 헬렌도 비슷한 생각을 했는지 눈동자가 반짝였다.

“현지를 바로 안내해드려도 되지만요. 여러 가지로 답례를 할 겸 보여드리고 싶은 게 있어서요.”

지젤 씨가 잉크가 든 작은 단지(우리 집에는 유리병이 없다)를 열심히 열었다. 지금 디아나의 옆에 앉아있었다면 어깨의 HP가 줄어들었겠지….

지젤 씨는 잉크 단지 앞에서 손을 맞잡고 눈을 감았다. 신께 기도를 드리는 것처럼 보였다. 이윽고 지젤 씨가 어렴풋한 연핑크색으로 빛나기 시작했다.

"예뻐…."

누군가가 중얼거렸다. 인형 같은 요정이 옅은 빛에 감싸여 기도를 드리는 모습은 확실히 귀엽다기보단 신성함이 강했다.

빛이 잉크 단지를 감쌌다. 옅게 빛난 잉크 단지가 약간 초현실적으로 보였다… 고 생각했더니 몸을 늘려 선단이 종이 위에 착지했다.

그 지점부터 서서히 잉크가 퍼졌다. 새카만 점이 수위를 집어삼키는 게 아니다. 잉크가 뭔가를 그렸다. 불에 쬐면 보이는 글자가 서서히 나타나듯이 무언가를 그린 얼룩은 익숙한 건조물 모양을 이뤘다.

"이건… 우리 집인가?"

"그런가 본데."

종이를 보고 한 말에, 함께 종이를 보던 디아나가 동의했다. 굴뚝이 있고, 벽돌로 만든 건물에 나무 벽 부분, 그리고 증축한 방이 있는 부분, 중앙정원의 밭에 쿠루루와 루시가 지내는 오두막과 창고, 그리고 우물. 그 모든 게 살짝 데포르메를 한 것처럼 나타났다.

집 주위의 가본 적 있는 지형도 나타났다. 이윽고 나와 딸들이 물을 길으러 가는 호수 쪽으로 보이는 곳에 도달했다가 멈줬다.

심볼 자체는 데포르메틱해서 귀엽지만 위치 관계가 굉장히 세밀한 주변 지도였다. 그렇다고 해도 이곳은 『검은 숲』 안이다. 대부분이 나무로 뒤덮여있지만. 그래도 좀 높은 장소도 제대로 표현했다.

완성된 지도를 앞에 두고 우리는 박수갈채를 보냈다. 지젤 씨가 꾸물꾸물 쑥스러워하며 말했다.

"이런 건 잘 하지 않지만, 이번에는 특별히 그려봤어요."

아니, 정말 좋은 걸 봤구나. 한편.

"저건 마법일까?"

"아뇨, 저런 마법은 들어본 적이 없어요…."

"엘프가 들어본 적이 없다면 평범한 사람은 모르는 게 당연한가."

안네와 리디가 작은 목소리로 대화를 나눴다. 마법으로 정확한 지도를 그릴 수 있다면 당연히 본인도 쓰고 싶겠지. 아니면 다른 사람들이 마음대로 쓸 수 없게 하고 싶다는 쪽일 수도 있지만.

"이 지도, 정말 좋은데."

"왜?"

"집을 지킬 때 계획을 세울 수 있잖아."

"아— 그렇구나—."

헬렌과 사마는 조금 위험한 감상을 말했다. 방어 계획은 프로에게 맡기자….

지도에는 낯선 게 하나 그려져 있었다. 샘 같은 모양을 한 그 마크는 이 부근에선 본 적이 없다. 사먀가 아니더라도 저런 게 있었다면 바로 눈치를 챘을 텐데. 그렇다는 건 답은 하나다.

리케가 그 마크를 가리켰다.

"이게 온천인가요?"

"네. 이제 장소는 아시겠죠?"

지젤 씨가 걱정스럽게 물었다. 나는 시원시원하게 대답했다.

"물론이죠. 당장 가보고 싶을 정도예요."

온천이 나오는 장소는 우리 집 오두막에서 서쪽을 향해 똑바로 가면 있는 곳이었다. 그렇다면 연결 복도는 오두막 앞을 경유한 상태로 만들면 되니 지금 만드는 연결 복도 계획을 변경할 필요도 없다.

여차하면 다시 만들 각오를 하고 계획했는데, 그래도 변경점이 없는 게 제일 좋다. 나는 내심 안도하며 가슴을 쓸어내렸다.

가슴을 쓸어내린 건 나뿐만이 아니었나 보다.

"다행이네요. 처음부터 안내해주셨으면 좋았을 거라고 하시면 어떻게 할까 고민했어요."

"아뇨, 저희야 그저 감사할 따름이죠."

온천 위치 정보를 제외하더라도 이곳 주변 지도를 얻었다는 시점에서 굉장히 고마웠다. 이 세계에선 서점에서 국토지리원이 발행한 지도를 살 수 없으니까…. 아니, 내가 만들면 된다고 하면 대답할 말이 없지만. 이건 앞으로의 건조물 검토에 활용하자.

지도를 앞에 두고 지젤 씨도 함께 시끌벅적하게 주변 지형에 관해 이야기했다. 걸어 다니면서 눈치채지 못했는데, 의외로 기복이 있다는 내용이었다.

그렇게 밤이 깊어 지젤 씨가 돌아갈 시간이 됐다.

"그냥 여기서 주무셔도 괜찮은데요."

내 말에 지젤 씨는 조용히 고개를 저었다.

"감사한 말씀이지만 돌아가서 해야 할 일이 남아있어서요."

"그럼 어쩔 수 없네요."

"네."

그렇게 우리 가족과 지젤 씨는 미소를 나눴다. 지젤 씨가 손을 흔들며 두둥실 날아갔다. 류이사 씨와 다른 점은 갑자기 나타나거나 사라지는 '조심성 없는' 행동을 하지 않는다는 점이다.

"자, 그럼 정리하고 내일에 대비할까."

네— 하고 대답한 가족들을 집에 들인 후(루시는 『언니』의 곁으로 뛰어갔다) 현관문을 닫았다.

창문으로 달빛이 비쳐 들어왔다. 침대에서 몸을 일으키고 밖을 보자 달빛에 비친 정원이 너무나 환상적이었다.

나는 잠들었다가 눈을 뜬 게 아니다. 처음부터 자지 않았다.

발소리가 나지 않도록 천천히 침대에서 빠져나와 방문을 열었다. 평소 입는 조끼도 지금은 입지 않았고, 신발도 부드러운 재질이라 거의 소리 없이 방을 나왔다.

뭐, 소리가 없다고 해도 사마가 들으면 아주 크게 들릴지도 모르겠지만.

그대로 조용— 히, 역시 발소리를 내지 않으려고 노력하며 집을 나왔다. 마치 여성과 밀회하러 가는 것 같았다. 아니, 밀회라는 점 자체는 틀리지 않았다.

가만히 현관문을 닫았다. 이런 때 우리 집 문에 벨이 달린 게 원망스러웠다. 다행히 벨이 딸랑딸랑 커다란 소리를 내진 않아서 무사히 문밖으로 나왔다.

이제 작은 임무가 하나 끝났다. 가슴을 쓸어내리는 내게 방울이 구르는 듯한 작은 목소리가 들렸다.

"안녕하세요."

"안녕하세요. 헤어진 지 얼마 되지 않았지만요."

말을 건 사람이 누구인지 예상하였기에 『꺄악』 비명을 지르지 않고 태연히 인사했다. 예상대로 요정족의 마을로 돌아갔던 지젤 씨가 서 있었다.

"에이조 씨가 감이 좋으셔서 다행이에요."

"제가 나오지 않으면 어떻게 하실 계획이었죠?"

"그땐 그대로 돌아가려고 했어요. 전 잠을 거의 자지 않아도 괜찮거든요…."

"그렇군요."

신체 대부분이 마력으로 이루어졌다는 건 실제로 잠을 잘 필요가 없는 거나 마찬가지다. 기다리게 해서 미안하지만 『대지의 용』의 부탁이니 어쩔 수 없지. 서로 일을 하기 위해 만난 거라고 딱 잘라 생각하자.

"그럼 무엇부터 말씀드릴까요…. 원하시는 정보가 있으신가요?"

"저희에게 있어선 미지의 정보라서요…."

"그야 그렇겠네요. 그럼…."

나는 『증기기관』에 대해 간략하게 설명하기로 했다. 물을 끓이면 증기가 발생한다. 그 증기의 압력으로 물건을 움직이는 구조다. 크게는 증기를 터빈에 보내 회전시키는 방법과 실린더로 보내 왕복운동을 하는 방법 두 가지로 나눌 수 있고, 이전 세계에서 전자는 다양한 발전기관에, 후자는 이름 그대로 증기기관차에 사용했다.

이번에는 증기기관차에 사용하는 복잡한 기계 구조는 설명하지 않고 증기의 압력으로 터빈을 돌려 동력을 얻는 부분에 관해서만 이야기했다. 전부 설명하면 그야말로 밤을 새워야 할 테니까.

"바람 대신 물을 끓여서 나온 증기로 풍차를 돌리는 구조를 상상하시면 비슷할 거예요. 원리는 방금 설명한 그대로고요."

"에이조 씨가 계셨던 곳에는 그런 기술이 있었군요…."

"뭐, 『내연기관』이라는 더 복잡한 기술도 있지만, 이건 다음에 말씀드릴게요."

"네. 오늘은 더 배우기 힘들 것 같아요."

지젤 씨가 자기 배를 톡톡 두드렸다. 무심코 큰 소리로 웃을 뻔해서 황급히 입을 다물고 둘이 작게 쿡쿡 웃었다. 지젤 씨는 그 후 바로 "그럼 정말 돌아갈게요."라는 말을 남기고 떠나갔다.

이렇게 첫 번째 심야의 수업이 끝났다. 나는 드디어 잠을 자기 위해 살짝 집 문을 열었다.

고요한 집 안. 처음 이 집에 들어왔을 때가 떠올랐다. 그 후로 시간이 오래 지나지 않았는데 지금은 집안이 북적이고, 나도 예전부터 그랬던 것처럼 자연스럽게 받아들였다.

만약 이 집에서 다들 여행을 떠나면 어떻게 될까. 그런 생각을 하며 빗장을 잠갔다.

뒤를 돌아보자 누군가가 서 있었다. 순간『으악』소리를 지를 뻔했으나 필사적으로 소리를 삼켰다.

"리디였구나."

리디가 나를 바라보고 있었다. 조금 전 집 안을 봤을 땐 없었으니(물론 내가 못 봤을 가능성도 있다) 방금 나왔나 보다.

"밖에 나가셨었나요?"

"응? 아, 응. 달이 보고 싶어서."

사먀가 아니라 다행이다. 사먀였다면 100% 들켰을 거다.

"그러신가요."

리디는 조용히 미소 지었다. 그러나 어째선지 박력이라고 할

까, 흔히 말하는 『압박』을 느꼈다. 헬렌에게도 지지 않을 정도였다.

그녀는 엘프에 마른 체형이고 키도 그리 크지 않아서 늘 의연한 분위기를 풍긴다고 할까, 온화한 편이라고 여겼다. 그러나 니르다가 왔을 때처럼 묘하게 박력이 느껴지는 때가 가끔 있단 말이지….

"이상한 짓은 하지 않았으니까 안심해."

"그럼 다행이고요."

내 말에 대답한 리디가 발소리 없이 자기 방으로 돌아갔다.

"나도 빨리 자야지…."

솔직히 긴장한 탓에 가슴이 두근거려서 자기 힘들 것 같았으나, 조금이라도 자지 않으면 분명 내일(이전 세계 기준으로는 슬슬 날짜가 바뀔 때다) 영향을 미칠 것이다. 방에 돌아가 침대에 눕자 걱정했던 것보다 빨리 잠의 세계에 빠져들었다.

다음 날 아침, 오늘은 날이 흐렸다. 여름 기온에 숲의 분위기가 어우러져 약간 음울해 보였다. 기온이 높다고 해도 햇살이 없는 만큼 아주 조금 편한 게 다행이라고 할까.

"비가 오려나."

하늘을 올려다보며 말하자 사마도 똑같이 하늘을 본 후 코를 킁킁대며 말했다.

"아니, 괜찮을 거야."

"사마가 괜찮다고 하면 괜찮겠지."

"10번 중 한 번 정도는 빗나가지만."

사먀가 웃었다. 이전 세계의 모 로봇이 많이 나오는 게임도 아니고, 90%의 확률로 맞추는 건 정확도가 굉장히 높은데. 오늘이 그 10%에 들지 않길 기도해야겠다.

나는 웃으며 사먀의 머리를 쓰다듬은 후 괭이를 짊어지고 작업 장소로 향했다.

"많이 만들었네."

테라스에서 점심을 먹던 중에 헬렌이 연결 복도를 보며 말했다. 점심까진 비가 내리지 않아서 무사히 작업이 진행됐다. 또한 지붕 팀도 작업에 익숙해져서 작업 속도가 예상보다 빨랐다. 나를 비롯한 바닥 팀도 얼마 남지 않았다고 이야기하던 참이었다.

하루 이틀 만에 완성할 수 없을 줄 알았는데, 오늘 안에 대부분 정리가 되지 않을까. 물론 전혀 나쁜 일이 아니지만.

"이렇게 연결하니까 저쪽도 집의 일부 같아."

안네가 말했다. 그 말에 가족들이 모두 고개를 끄덕였다. 멀리 떨어진 건물은 아무래도 드나들기 힘든데, 야외에 있어도 연결만 되어있으면 안채의 일부처럼 느낀다.

"역시 일찍 만들어서 좋지?"

나는 일부러 의기양양한 표정을 지었다. 처음에는 쓴웃음이 돌아왔다.

"뭐, 결론적으로는 그렇네. 쿠루루와 루시만 집 밖에서 사는 것 같아서 미안했거든."

디아나가 말하자 리케가 "그러게요."라고 말을 이었다. 이렇게 오후 작업의 의욕을 충전한 우리는 점심을 다 먹은 후 다시 가족과 가족을 잇는 작업으로 돌아갔다.

날이 저물 무렵, 침목을 놓아두는 작업이 끝났다. 아직 흙으로 틈새를 메운 후 가볍게 두드려 묻는 작업이 남아있지만 어쨌든 집과 오두막, 창고가 연결됐다.

장소는 알고 있어도 아직 보지 못한 온천도 언젠가는 집과 이어야 하고, 지붕도 아직 전부 달지 않아서 작업 자체는 아직 끝나지 않았으나 이렇게 연결해보니 성취감이 들었다. 들긴 한데….

"바닥에 돌을 깔지 않아서 다행이야."

나는 무심코 중얼거렸다. 시간이 오래 걸리지 않아서 안심한 게 아니다. 돌바닥이었다면 그야말로 도로 수준이라 숲속에 마을을 만드는 이야기가 조금이라도 더 신빙성이 생겼을 텐데, 그런 말이 나오지 않아서다.

변경이 쉽지 않긴 해도 그렇다고 힘들지도 않은 나무판 통로로 만들어서 정말 다행이야….

◇ ◇ ◇

다음 날. 헬렌을 지붕 팀으로 보내고 나와 디아나 둘이서 남은 작업을 하기로 했다. 벌써 절반 이상 완성한 지붕이 쨍쨍하게 내리쬐는 태양의 햇볕을 가로막았다. 비가 내리면 빗방울도 가로막겠지만 이 부근은 비가 자주 내리지 않아서 완전한 진가를 발휘하려면 내년 우기가 와야 할 거다.

침목을 놓아두기 위해 판 흙을 침목과 침목 틈새에 메우고 전체를 통나무로 툭툭 두드려 박았다. 이전 세계에는 이런 작업을 하는 기계가 있었지. 래머라고 했던가. 뭐, 그것만 한 속도와 힘, 마무리는 필요하지도 않고 하지도 않겠지만.

디아나가 침목 틈새에 삽으로 퍼낸 흙을 붓고 내가 통나무로 두드렸다. 부피가 약간 줄어들어서 거기에 흙을 조금 더 덮고 다시 두드렸다. 그 작업을 반복하면 된다.

계속 둘이서 똑같은 작업… 인 줄 알았는데 한 명이 더 도우러 왔다. 루시다.

우리의 작업을 멀리서 빤히 지켜보던 루시가 작업이 끝난 부분으로 가 일어서듯이 양쪽 앞발을 들고 체중을 실어 쿵쿵 내려찍었다. 그걸 여러 번 반복했다.

한동안 그렇게 침목을 두드린 후 장소를 바꿔서 반복했다.

"아빠 엄마가 하는 일을 흉내 내는 건가."

나는 일단 손을 멈추고 디아나에게 물었다. 루시의 모습을 보던 디아나의 상황은 말할 필요도 없다.

디아나는 기도하듯 손을 맞잡고 말했다.

"그러게. 우리가 작업하는 걸 보고 뭘 해야 하는지 이해하다니, 혹시 천재가 아닐까."

원래 이 숲의 늑대는 굉장히 똑똑하다. 그 늑대의 지성이 마물화하여 더욱 강화했으니 우리가 뭘 하는지 완벽하게 이해하고 도와주는 걸 수도 있다.

역시 우리 집 딸이야. 나는 디아나의 말에 힘차게 고개를 끄덕였다. 반대편에선 쿠루루가 지붕에 올라가 작업하는 리케에게 입에 문 목재를 솜씨 좋게 건넸다.

저쪽도 나름대로 익숙한 광경이다. 자기가 뭘 해야 하는지 이해하지 못하면 할 수 없는 일이다. 드래곤이라 머리가 좋은 걸까. 장래가 기대되기도 하고 불안하기도 했다.

지붕 팀 쪽에선 못을 박는 소리도 울려 퍼졌다. 지금은 나와 디아나가 손을 멈췄으나 조금 전까진 디아나가 흙을 덮는 소리, 내가 통나무로 두드리는 소리도 섞였을 거다.

그 소리가 작은 연주회처럼 『검은 숲』에 울려 퍼졌을 게 틀림없다. 객관적으로 연주회를 감상할 방법이 없다는 점이 좀 원망스러웠다.

나는 발치에서 칭찬해달라고 꼬리를 흔드는 루시를 쓰다듬으며 연결 복도라는 물질이라고 해도 각자의 작업이 이어져 새로운 무언가를 완성하는 것 역시 우리의 『일상』이 되면 좋겠다고 생각했다.

루시가 도와준 덕분에(정신적으로는 『엄청난 효과』였다) 바닥 깔기는 저녁 무렵에 끝났다. 지붕도 대부분 끝났다고 해도 좋을 정도였다.

내일 점심 식사 전까진 끝날 것 같았다. 거의 완성된 연결 복도를 바라보며 디아나에게 말했다.

"내일 우리도 도와주면 금방 끝나겠네."

"응. 나도 익숙해져서 속도가 빨라질 거야."

"왕왕!"

루시는 내일도 『작업 돕기』를 하려나 보다. 나는 이번에도 루시를 쓰다듬어주고 오늘의 작업을 끝냈다.

◇ ◇ ◇

다음 날. 점심 식사 전에 지붕도 전부 완성됐다. 침착한 BGM에 『어떻게 된 걸까요.』라는 나레이션이 들리는 것 같았다. 그 TV 방송, 이전 세계에선 아직 하고 있을까.

안네가 마지막 못을 박자 숲속에 짝짝 박수가 울려 퍼졌다. 본인은 『내가 마지막 못을 박아도 괜찮아?』라고 말했으나 『이런 게 다 경험이지.』라며 가족 모두가 찬성했다.

이리하여 숲속 대장간과 창고, 오두막이 연결됐다. 복도가 완성되면 여흥 거리가 하나 더 남았다.

"그럼 실례할게."

나는 창고 앞에서 오두막을 거쳐 안채까지 연결 복도를 걸었다. 『재미있겠다.』라고 생각했는지 쿠루루와 루시가 내 뒤를 따라 걸었다. 『개통식』이라고 해야 할까. 어쨌든 그런 행사다.

나도 『누가 처음에 쓰든 똑같은데.』라고 부드럽게 말해봤으나 『가장이 처음으로 써야 우리도 마음이 편해.』라며 안네 때와 마찬가지로 가족 모두의 의견이 일치했다.

그저 연결 복도를 걷는 것뿐인데 어째선지 엄숙한 기분이 들었다. 곧 북방에서 입을 법한 의상을 들여오는 편이 나을까….

연결 복도를 걸어 안채 앞에 도착하자 다시 가족들이 박수를 보냈다. 쿠루루와 루시도 이해하지 못한 채 기뻐하며 정원을 뛰어다녔다.

"이야, 왠지 쑥스러운데."

"그렇지! 나도 아까 그랬어!"

"지금은 안네의 심정을 잘 알겠어."

거친 콧김을 뿜는 안네에게 말했다.

이렇게 완성했을 때 매번 의식을 하는 건 부끄럽긴 해도 작업의 매듭을 짓는 의미로는 중요하다. 가족과 가족이 연결되는 순간이라고도 할 수 있으니 화려하게 축하해도 신께서 벌을 내리시진 않을 거다.

따라서 오늘은 점심부터 호화로운 음식을 먹었다. 고기를 잔뜩 굽고 집에 있는 조미료를 총동원해서 다양한 양념을 하고, 와인과 독주 둘 다 꺼내 마시기로 했다.

리케는 메뉴를 듣자마자 바로 연결 복도를 지나 창고에서 테라스로 술을 한 통 옮겼다. 역시 술이 들어간 상태에서 불을 쓰는 작업을 하면 위험하니 오후에 시간이 비어도 작업을 허락한 순 없으나 오늘은 모두 편하게 쉴 예정이라 문제없다.

"그럼 새 연결 복도 완성과 가족의 인연에 건배!"

"건배!"

이리하여 한낮의 『검은 숲』 속에서 다른 사람이 보기에는 위험한 숲에 어울리지 않는, 조촐한 연회가 시작됐다.

10장
『검은 숲』의 주민

연결 복도가 완성된 후 납품일까지 며칠 동안 다들 하고 싶은 일을 하며 지냈다.

우리 공방은 바쁠 때와 한가할 때가 불규칙적이다. 기본적으로 바쁠 땐 대부분 내게 문제가 쏟아져 들어온다.

『세간에서 물러나 몰래 일을 하고 있을 뿐인 보잘것없는 대장장이』인 내가 공방은 지금처럼 납품을 위한 작업이 끝나면 그 후 납품일까지 느긋한 날을 보낸다.

…아무 일도 없으면, 이라는 전제가 필요하지만.

이날도 쉬는 날로 정했다. 다들 숲에 나가지 않고 집에서 느긋하게 지냈다. 물론 각자 할 일이 있었다.

사먀와 디아나는 바느질을 하고, 리디는 헬렌과 밭일, 나와 리케, 안네는 집에서 흠집이 생긴 가구를 수리했다. 전부 오래 살기 위해선 빠트릴 수 없는 작업이다.

내겐 히히이로카네와 아다만타이트 가공, 부서지지 않는 마법석 생성에 관한 연구를 진행하는 것도 과제 중 하나다. 그러나 어림짐작으로 찾기에는 한계가 있어서 당장은 보류했다.

온천에 대해선 아직 일단 보류 상태다. 『숲의 주인』이 직접 가르쳐준 장소라 10m 정도 파야 하진 않겠지만, 목욕탕 정비와 함께 생각하면 2~3일 이내에 끝낼 수 있을 것 같진 않았다.

숲속에 덩그러니 선 목욕탕 건물인 만큼 처음에는 칸막이 같은 걸 설치하기만 해도 괜찮지 않을까 하는 생각도 들었다.

게다가 우리 집에는 거의 사람이 찾아오지 않아서 그렇게까지 조심할 필요도 없다고 한다면 그렇긴 하다. 그래도 한창때의 여자들이다. 조심해서 나쁠 건 없다… 라고 생각한다.

그런 이유로 각자 우선시해야만 하는 작업을 하다가 중간에 점심을 먹고, 식기를 대충 정리하고 아주 짧은 휴식 시간을 가진 후 슬슬 오후 작업을 시작하기 위해 일어섰다.

그때 살짝 흐린 노크 소리가 울려 퍼졌다. 나는 주거 공간인 안채에 있었으니 대장간 쪽에서 나는 소리일 거다.

바로 문을 열려고 하던 리케가 나를 쳐다봤다. 나는 고개를 끄덕였다.

철컥, 리케가 문을 열고 헬렌이 『신뢰』라는 별명을 드러내듯 재빨리 대장간으로 향했다.

우리 집은 『검은 숲』 깊숙한 곳에 있다. 여기에 도착하기까지 여름의 더위에 다소 움직임이 둔해졌다고 해도 위험한 동물들이 배회하는 길을 지나야 하는 위험도는 크게 달라지지 않았다.

즉, 여기에 도착했다는 건 그만한 실력이 있다는 사실을 증명하는 셈이다.

그리고 그 인물이 우리에게 위해를 가하지 않는다는 보장이 없기에 헬렌이 경계를 하러 나가야만 한다.

"네, 네. 나갑니다."

그동안 계속 울려 퍼지는 노크 소리에 대답하자 노크가 멈췄다.

대장간 쪽 문 앞으로 이동한 나와 헬렌은 서로 고개를 끄덕였다. 무슨 일이 있으면 헬렌이 나를 밀치고 나쁜 사람들의 몸 어딘가(목을 포함해서)를 벨 거다.

그러나 우리의 경계는 의미가 없었다. 문을 열자 보인 사람은 키가 그리 크지 않은, 긴 황갈색 머리카락을 머리 한쪽으로 땋고 경갑옷을 입은 소녀— 우리가 드래곤을 퇴치했을 때 같이 있던 플로레였기 때문이다.

"내가 왔어!"

플로레가 싱글벙글 태평하게 웃었다. 우리는 약간 어이없어 하는 표정을 지었다.

"넌 왜 왔어…."

헬렌이 플로레에게 무슨 말을 하려다 플로레가 내민 손가락을 보고 입을 다물었다.

"여기에 혼자 왔어."

플로레의 말은 어떤 목적이 있다면 꼭 필요한 조건이다. 즉.

"내게 특별 주문 모델을 의뢰하려고?"

플로레가 더욱 환하게 웃으며 힘차게 고개를 끄덕였다.

나와 사먀, 리케, 헬렌, 그리고 플로레는 상담 공간에 앉았다.

"일단 뭘 만들고 싶은지, 그리고 왜 만들고 싶은지 말해줘."

"어, 만들고 싶은 이유에 따라서 안 만들어주기도 해?"

플로레가 짓궂게 웃었다. 나는 고개를 저었다.

"그렇진 않아. 제국의 황제 폐하든 마왕이든 여기에 혼자 오면 누구든 만들어줘."

마왕은 딱히 약속한 건 아니지만 마족에게 검을 한 자루 만들어줬고, 황제 폐하는 직접 오시면 만들어드리겠다고 약속했다.

약속한 이상, 아무리 목적이 본인의 호신용을 뛰어넘는다고 해도 난 만들어줄 거다.

다만 제작품에 약간 세공해서 이 세계에 혼란이 찾아오지 않도록 배려는 하겠지만.

"다행이다. 여기까지 오기 힘들었거든. 헛수고였다면 엄청나게 실망했을 거야."

플로레가 크게 한숨을 쉬었다. 예전에 우연히 만났을 때 그녀는 혼자 『검은 숲』에 들어왔다. 게다가 숲과 마을의 경계 부근이 아니라 조금 깊숙이 들어와야 하는 곳이었다.

즉, 플로레는 원래 여기에 올 수 있을 만한 실력이 있었다. 그녀가 혼자 왔다는 건 의심할 이유가 없는 사실이다.

"아, 그래서 말인데."

딱히 재촉하지 않았는데 플로레는 스스로 무기를 가지고 싶은 이유와 만들고 싶은 무기에 관해 이야기하기 시작했다.

이야기를 정리하자면 이랬다.

플로레는 친하게 지내는 친구에게 의뢰받아 『탐색자』(600년 전의 대전쟁이나 그 이전에 생긴 미궁의 보물을 찾는), 말하자면 판타지 소설과 게임의 『모험가』 같은 사람들의 일을 돕기로 했다.

그래서 내게 특별 주문 모델 단검을 만들어달라는 의뢰를 하러 왔다고 설명했다.

플로레의 이야기가 거짓말이라고 해도 딱히 곤란할 일은 없어 보였고, 지인의 이야기를 거짓말인지 아닌지 확인하기 거북했으나 일단 만약을 위해 필요하다고 여긴 나는 힐끔 사먀를 살펴봤다. 사먀가 작게 고개를 저었다. 거짓말은 아닌가 보다.

"단검이라."

나는 팔짱을 끼고 고개를 갸웃거렸다.

"어, 반응이 왜 그래?"

플로레가 조금 당황했다.

단검은 아무리 생각해도 지나치게 무난하다. 게다가 우리 공방의 고급 모델 단검은 이미 시장에서 팔고 있다. 그렇다면 특별 주문 모델을 따로 만든다고 해서 문제가 될 만한 일은 없다고 여기는 게 보통일 거다.

그러나 우리 공방의 경우에는 사정이 좀 달랐다. 특별 주문 모델 단검은 우리 가족에게만 만들어줬기 때문이다.

즉, 에이조 공방의 가족이라는 증거라 남에게 만들어줘도 괜찮은지 마음에 걸렸다.

도구로써 단검이 얼마나 편리한지, 그렇기에 거금을 들여서라도 조금이라도 품질이 좋은 단검을 구하려고 하는 마음은 충분히 이해한다. 어쩌면 무기 방어구 이상으로 본인의 생명을 좌우할 수도 있는 무기다.

"으음— 사정이 있어서 단검은 좀 피하고 싶은데."

"어— 하지만 단검이 가지고 싶어."

플로레가 입을 삐쭉 내밀었다. 문득 누군가가 내 소매를 조심스럽게 잡아당겼다. 헬렌이었다.

플로레는 용병단에선 헬렌의 후배에 해당한다. 헬렌을 동경하고, 헬렌도 귀여운 여동생이 곤란해하면 도와주고 싶을 거다.

"나도 부탁할게."

가족에게 부탁받으면 나도 생각이 많아지는데.

"알겠어, 알겠어. 하지만 왜 단검을 가지고 싶은 건데? 검이 아닌데 괜찮겠어?"

플로레는 검과 방패를 쓴다. 본인이 쓰는 무기가 아니라 단검을 가지고 싶어 한다면 다른 사정이 있을 거다.

"검은 강하지만 지금 가진 걸로도 충분하니까 괜찮아."

실제로 현재 플로레가 쓰는 검은 꽤 괜찮은 무기다. 그걸로 충분하다고 판단해도 이상하지 않다.

"그리고 탐색자로서 미궁에 들어가 땐 다양한 도구가 필요한

데, 내가 가진 단검 상태가 좋지 않아서. 그래서 되도록 오래 쓸 수 있는 걸 가지고 싶어."

"다른 도구가 아니라?"

"단검을 제일 자주 쓰니까."

"그 외에도 쓰는 도구가 있지?"

"물론 있지."

"흠…."

나는 팔짱을 끼고 생각에 잠겼다. 즉, 플로레가 가지고 싶은 건 무기가 아니라 도구로 쓸 수 있는 날붙이다.

그렇다면 순수하게 도구로써 쓸 수 있는(즉, 살상 능력이 거의 없는) 단검을 만들어주면 괜찮을지도…. 이전 세계의 상품 중 그런 게 있었다는 걸 떠올렸다.

나는 그게 이 세계에 유통되어도 문제가 없는지 고민했다.

이전 세계에서 일반적으로 유명한 건 1900년대에 발명했는데, 사실은 비슷한 게 그보다 1700년 전에도 있었다고 한다.

즉, 발상 자체는 오래됐고, 그게 남아있지 않은 건 역사 속에서 잃어버렸기 때문이다.

그렇다면 이 세계에 존재해도 괜찮겠지. 나는 플로레에게 말했다.

"그럼 단검 외에도 여러 가지가 달린 도구는 어때?"

"단검 외에도?"

플로레는, 아니, 그 자리에 있던 나 외의 모두가 의아한 표정을 지었다. 아직 그런 게 없나 보군.

"으음, 즉, 단검, 작은 톱, 가위, 줄판, 송곳 등을 접어서 한데 모은 거 말이야."

나는 설명하면서 필기구를 써서 흔히 말하는 『맥가이버 칼』 그림을 그렸다. 이전 세계에서 가장 유명한 모델이 아니라 살짝 이쪽 세계식으로 변형했지만.

"와아아아아."

"호오!"

플로레가 환성을 질렀다. 리케도 플로레에게 지지 않을 만큼 눈을 반짝였다. 사먀와 헬렌도 흥미진진하게 내 스케치를 쳐다봤다. 그러나 플로레는 살짝 눈살을 찌푸렸다.

"그런데 난 단검을 가지고 싶은 거니까 저렇게는 못 만들잖아?"

"뭐, 엄밀히 말하면 그럴지도 모르지. 하지만 이건 우리 공방에서 만든 단검과는 형태가 좀 달라."

내가 단검을 만들지 않으려고 노력한 이유는 특별 주문 제품 단검이 우리 가족의 증거이기 때문이다. 기능과 디자인이 다르면 딱히 피할 필요가 없다. 이상한 논리라는 건 나도 알고 있다.

"흐응. 그래, 괜찮아. 그럼 이걸 만들어줄 거야?"

플로레가 잠시 입술을 뾰족 내밀었으나 바로 반짝반짝 눈을 빛내며 내게 물었다.

"응. 내가 제안했는데 안 된다고 할 리 없잖아."

나는 힘차게 고개를 끄덕여 대답했다. 플로레가 활짝 얼굴을

빛냈다.

“그럼 결정한 거다!”

신이 난 플로레가 손을 내밀었다. 나는 그 손을 잡으…려고 하다 리케의 헛기침으로 황급히 그녀에게 말했다.

“돈은 완성한 후 네가 생각하는 금액을 주면 돼.”

“어, 그래도 돼?”

“그게 우리 공방의 규칙이야.”

“그래서 돈을 벌 순 있어? 괜찮아?”

“다행히 지금까지 고생해서 찾아오는 고객 중 가격을 깎으려고 하는 사람은 한 명도 없어서 괜찮아.”

게다가 메인은 카밀로의 가게에 납품하는 상품이고, 라는 말은 하지 않았다.

“아아, 고생해서 찾아왔는데 돈을 깎으려고 하면 의미가 없긴 하지.”

“그렇지. 그럼 저렇게 만들까?”

“응!”

해맑게 웃는 플로레. 나는 이번에야말로 그녀가 내민 손을 잡았다. 이제 거래가 성립했다.

의뢰가 들어왔으니 휴식 시간은 끝났다. 오후에 할 가구 수리를 뒤로 미루고 바로 작업을 시작했다.

플로레에겐 “일단 마을에 돌아가도 돼.”라고 말했으나 우리 공방을 찾아온 다른 손님들처럼 여기서 머무르겠다고 대답해서 헬렌에게 대응을 부탁했다.

따라서 플로레는 지금 중앙정원에서 리디, 헬렌과 함께 밭일을 하는 중이다.

나와 리케는 대장간으로 향했다. 기본적으로 판금을 가열해서 두드려 성형하는 작업은 다른 무기와 똑같다. 맥가이버 칼을 만들 때 힘든 점은 '접이식'이라는 점과 '접었을 때와 꺼냈을 때 잘 빠져선 안 된다'는 점이다.

물론 내게는 리케와 치트라는 든든한 아군이 있다.

리케가 판금을 가열해서 대략적인 크기로 자르고 어느 정도 성형하면 내가 다시 가열해서 가공했다.

왠지 리케에게 작업을 떠넘기는 것 같아서 내 손으로 처음부터 전부 만들까 고민했으나 그녀는 이렇게 말했다.

"이것도 수행이에요. 게다가 스승님이 마무리하시는 모습을 보고 있고요."

리케의 말을 들은 나는 그 이상 아무 말도 하지 않았다. 공방 안에서의 지위가 점점 내려가는 느낌이 들었지만 아마 기분 탓일 거다. 그래.

작업 자체는 순조롭게 진행됐다. 단검과 톱, 가위, 줄판, 송곳이라 제작법은 간단했다.

다만 제작법이 간단하다고 해서 술술 만들 수 있냐고 묻는다면 그렇지 않다.

예를 들어 톱은 칼날에 번갈아 가며 측면을 잘라내어 만들어야 하고, 가위는 개폐 기구를 만들어야 한다.

그리고 줄판은 표면에 가는 줄을 새겨야 하고, 이 모든 걸 기껏해야 손으로 쥘 수 있을 만한 크기로 만들어야 한다.

게다가 이번에는 특별 주문 모델 의뢰라 마력을 담으며 작업하면 하나하나에 시간이 걸렸다.

결국 첫날 안에는 완성하지 못했다. 단검과 톱을 완성해도 최종적으로는 연장을 넣을 수 있는 틀이 없으면 의미가 없다.

저녁 식사는 모처럼 플로레가 찾아왔으니 조금 분발해서 메뉴를 짰다.

기본적으로 늘 먹는 수프에 무발효 빵, 그리고 베리 소스를 곁들인 사슴고기 스테이크를 추가했다. 양이 부족하면 안 되고, 입에 맞지 않을 가능성도 있어서 심플하게 소금을 뿌려 구운 멧돼지고기도 준비했다.

결과적으로 플로레는 둘 다 맛있다며 입맛을 다셨다. 보험으로 준비한 의미는 없어도 전부 다 먹어 치워서 음식이 남지 않았으니 결과적으로는 잘 된 거라고 여기자. 반대로 준비하지 않았으면 양이 부족했을 가능성도 있다.

나는 내일에 대비해 저녁 식사 후 바로 내 방에 들어갔다. 다른 가족들은 꽤 늦은 시각까지 대화를 나눴나 보다.

나중에 슬쩍 물어보니 헬렌과 같이했던 일 이야기를 주로 했다고 한다. 그럼 나도 들어둘 걸 그랬어. 헬렌과 다른 시선으로 이야기를 들을 수 있었을 텐데. 다음에 왔을 때라도 물어볼까.

그리고 다음 날. 이른 아침부터 부지런히 작업을 진행하여 점심 식사를 마치고 태양이 중천을 조금 넘은 위치에 떠올랐을 때 모든 부품을 만들고 하나로 모아 엮었다. 이제 완성이다.

다 만들고 보니 너무나 단순했으나 도구라고 생각하면 단순한 게 제일 좋다.

리케가 밭일을 하는 플로레를 불러오자 그야말로 날듯이 대장간에 들어왔다.

플로레는 상담 공간의 테이블에 다가가 그 위에 놓인 것을 가리켰다.

"이거야?"

"그래. 완성했어."

플로레의 질문에 고개를 끄덕였다. 외형은 나무 덩어리처럼 보일 거다.

"사용 방법을 설명해줄게. 그렇다고 해도 굉장히 단순하지만."

"응."

나는 테이블 위에 놓인 맥가이버 칼을 들고 단검의 등에 새긴 홈에 손톱을 걸어 잡아당겼다. 단검을 펼치자 칼날에 맞지 않는 두께의 나무 손잡이가 달린 단검이 됐다. 손잡이에는 작게 『뚱뚱한 고양이 각인』을 새겨서 우리 에이조 공방의 제품이라는 걸 소심하게 주장했다.

"이게 단검이야."

나는 이어서 톱, 가위, 줄판, 송곳을 꺼냈다. 단검처럼 다 꺼내지 않고 어느 정도 꺼낸 후 멈췄다.

"이게 톱, 이게 가위야. 다 꺼내지 않아도 쓸 수 있는데 단검과 톱은 다 꺼내서 쓰는 게 좋을 거야."

"알겠어. 만져 봐도 돼?"

"물론이지."

고개를 끄덕이자 플로레는 맥가이버 칼을 들고 꼼꼼히 살펴본 후 맥가이버 칼의 장비를 하나하나 꺼냈다 다시 집어넣었다.

"이렇게 쓰는 거구나."

"어때?"

"괜찮은데?"

활짝 웃는 플로레를 보고 나는 가슴을 쓸어내렸다. 이런 건 못쓰겠다고 말하면 어떻게 할까 걱정했는데 다행히 그렇진 않은가 보다.

한동안 맥가이버 칼을 만지작거리던 플로레가 갑자기 말을 꺼냈다.

"난 이만 돌아갈게."

"어? 벌써?"

플로레는 활짝 웃으며 고개를 끄덕였다.

"응. 여기에 남고 싶다는 생각이 들지 않을 때 가야지."

"…그래."

나는 고개를 끄덕였다. 솔직히 조금 섭섭했으나 본인이 저렇게 말하는데 말릴 이유가 없다.

"그럼 준비하고 올게!"

말하자마자 플로레는 손님 방으로 뛰어갔다. 그 모습을 배웅한 나는 바로 가족들을 정원에 모았다.

"그럼 이거."

"응. 확실하게 받았어."

집 앞 정원. 나는 떠날 준비를 마친 플로레가 내민 금화를 받았다. 조금 많은 것 같았으나 여기서 할인 이야기를 하면 안 된다. 역시 나도 학습을 하는 사람이다.

"다음에는 느긋하게 지내다 가." "별일 없어도 언제든 와도 돼."

예전에 드래곤을 퇴치할 때와 어젯밤 수다를 떨면서 친해졌나 보다. 가족들이 모두 입을 모아 말했다.

마지막으로 헬렌이 말했다.

"돌아가는 도중에 조금이라도 위험하다 싶으면 바로 여기로 돌아와."

"응. 그럼 다음에 또 봐!"

작게 미소 지은 후 플로레가 힘차게 검은 숲으로 들어갔다.

"가버렸네."

헬렌이 감동한 표정으로 눈 깜짝할 사이에 작아진 플로레의 등을 배웅하며 말했다.

"언젠가 또 찾아올 거야. 다음에 또 보자고 했잖아."

나는 헬렌을 위로하듯 말했다.

"그렇겠지."

헬렌이 어째선지 내 등을 살짝 때렸다.

"아, 그렇지. 나도 저거 만들어줘."

그러자 사먀도 손을 들었다.

"어, 그럼 나도 만들어줘!"

이렇게 된 이상 말릴 수 없었다. 나도, 나도 하고 손을 들던 가족들이 결국 모두 가지고 싶다고 외쳤다.

나는 쓴웃음을 지으며 대답했다.

"다음에!"

다들 나를 향해 사소한 야유를 쏟았다.

이후 플로레가 쓰는 도구를 본 탐색자들에 의해 똑같은 걸 만들게 되고, 그러다 각자의 취향을 반영하여 들어있는 도구의 조합이나 형태가 달라졌다. 이윽고 맥가이버 칼은 '탐색자라면 누구나 가지고 있어야 하는 도구'가 됐는데, 물론 난 이 순간 그런 일이 일어날 줄은 꿈에도 상상하지 못했다.

그렇게 플로레의 의뢰를 끝내고 납품을 하러 가는 날. 평소처럼 수레에 짐을 싣고 숲속을 나아갔다. 오늘도 햇살이 강했으나 아주 조금 약해진 느낌도 들었다.

나는 나무 틈새로 지면을 바작바작 태우듯이 달아오른 태양을 바라보며 말했다.

"오늘은 좀 시원하네. 슬슬 여름이 끝날 시기인가?"

"응. 여긴 여름이 길지 않거든."

사먀가 똑같이 하늘을 바라봤다. 그 얼굴에 나뭇잎 사이로 들어온 햇살이 비쳐 사먀가 눈을 가늘게 떴다.

"그렇다고 해도 한동안은 계속 더울 거야. 에이조는 버티기 힘들지도 모르지."

나를 보고 히죽 웃는 사먀. 나는 어깨를 으쓱였다.

"아무리 대장간에서 일하면서 더위에 익숙해졌다고 해도 밖에 나왔는데도 더운 여름은 빨리 끝났으면 좋겠어."

"진짜로."

내 말에 디아나가 맞장구를 쳤다. 그녀도 더위를 싫어하나 보다. 피서지에 가서 살 정도는 아니었겠지만.

숲속에 웃음소리가 울려 퍼졌다. 이것도 우리의 『일상』 중 하나다.

숲에서도, 도로에서도 아무 일도 일어나지 않았다. 여름의 태양이 『조금만 더 열심히 해볼까』라고 말하는 듯 마지막 일을 하고 있을 뿐이었다. 노상강도도 이 더위에는 일할 의욕이 나지 않나 보다.

마을 입구의 경비병에게 인사를 하고 사람들의 출입이 아주 조금 줄어든 길을 지났다. 루시가 오길 기다렸는지 우락부락하게 생긴 아저씨는 오늘도 무뚝뚝한 얼굴에 땀을 흘리며 루시에게 살짝 손을 흔들었다.

이윽고 카밀로의 가게가 보였다. 건물 뒤쪽으로 돌아가 수레를 창고에 넣자 점원이 뛰어왔다. 그의 얼굴에도 땀이 흘렀다. 점원의 경우에는 작업을 하던 중이었을지도 모르지만 더운 건 확실했다.

"아직 덥네."

"그러게요."

점원은 늘 그렇듯 태평하게 웃으며 말했다. 힘이 넘친다는 건 좋은 일이지.

흘끗 보자 전에 만들어줬던 그늘이 그대로 있었다. 오늘도 점원과 우리 딸들이 저기에서 시간을 보낼 거다.

"그럼 미안하지만 오늘도 잘 부탁해."

"네, 다녀오세요."

가슴을 두드리며 맡겨만 달라고 하는 점원과 그 점원에게 머리를 비비는 쿠루루와 루시를 두고 상담실로 향했다.

상담실에서 평소처럼 대화한 후 카밀로가 말을 꺼냈다.

"이건 일단 물어보는 건데."

"응? 뭔데?"

카밀로가 '일단'이라고 조심스럽게 말을 꺼내는 경우는 드물다. 원래 이런 이야기는 하지 않았는데. 본인 선에서 끊어내기 때문에 난 들은 적이 없다.

그러지 않았다는 건 형식적으로나마 물어본 실적을 만들 수밖에 없다는 뜻이다.

"자네에게 『힘든 일은 전부 처리해줄 테니 수도에 오지 않겠나.』라고 하면 어떻게 할 거지?"

카밀로의 말에 가족이 숨을 삼켰다. 나는 곧바로 대답했다.

"안 돼."

"그렇겠지."

"후작인가?"

"그래. 뭐, 거절했다고 해서 불이익이 생기진 않을 거야."

"불이익이 생기면 어떻게 될지 알고 있겠지?"

"그렇겠지."

카밀로는 쓴웃음을 지었다. 이미 대답을 알고 있던 건 카밀로도 후작도 이해했을 거다.

우리 가족 중 몇 명은 그 숲에 숨어 지내는 게 가장 좋다는 이유로 머물고 있다. 그런 사람들을 데리고 쉽게 움직일 수 없다. 후작도 알고 있을 텐데.

그 문제를 해결할 만한 비용을 내더라도 내가 수도에 있는 게 훨씬 '편리'한 건 틀림없다. 나도 돈을 벌려면 수도에 가는 게 좋다.

그러나 내가 『검은 숲』에 사는 이유 중 하나는 마력 때문이다. 『검은 숲』의 풍부한 마력이 없으면 생산을 할 수 없다. 수도에는 마력이 부족하니까.

하지만 내가 즉답으로 수도행을 거절한 가장 큰 이유는 마력 때문이 아니다.

“가족이 있기도 하지만, 난 『검은 숲』에서의 생활이 마음에 들어.”

내 말에 카밀로가 껄껄 크게 웃었다.

“자넨 이제 완전히 『검은 숲』의 주민이군.”

“난 처음부터 그랬는데.”

난 웃으며 말했다. 이 세계가 어떻게 되든 난 일개 대장장이이자 『검은 숲의 주민』으로 지내고 싶다. 그리고 그렇게 살아갈 거다.

가족이 안도의 한숨을 쉬는 중.

“오, 고마워.”

내 귀에 류이사 씨의 목소리가 들린 것 같았다.

에필로그
『검은 숲』의 기록 제1화

이 세계에서 『검은 숲』은 위험한 장소라는 인식이 있다.

옛날과 달리 그 인식도 아주 조금 흔들리고 있으나 서식하는 동물과 발생하는 마물을 생각하면 소풍하는 기분으로 들어가도 되는 땅이 아니라는 점은 변함없다.

나는 그런 곳에 있다. 물론 소풍을 온 게 아니라 『그 남자』의 발자취를 찾기 위해서다.

믿을 수 없지만 이 『검은 숲』에서 그의 대장장이 인생이 시작됐다는 사실을 알게 됐기 때문이다.

북방 출신이라는 점은 알아냈기에 북방도 조사해봤으나 그 쪽은 왕국과 제국 이상으로 공을 들여 흔적을 지웠다.

…그런 줄 알았는데 모은 정보에 의하면 애초에 북방에 있던 시절에는 대장장이 일을 하지 않았다고 한다.

그래서 시작 장소를 찾기 위해 이 땅에 발을 들였다.

솔직히 말하자면 난 이곳에 온 걸 약간 후회했다.

"이야, 진짜 무섭네…."

시커먼 수목이 많은 것도 무섭지만 단순히 나무의 수가 많아서 전체적으로 어두웠다.

인간이란 어둠을 무서워하는 생물이라는 당연한 사실을 실감했다.

"만약『검은 숲』에 가려면 초가을은 피하는 게 좋을 거예요."

언젠가 만난 리디 씨의 말이 뇌리에 떠올랐다. 겨울에 대비해 '배불리 먹는' 종류의 동물들이 있기 때문이다.

그 조언에 따라 지금은 여름. 더위라는 강적이 있어도 햇살이 강해서 어두운 것보단 나을 줄 알았는데, 내 예상이 안일했다.『검은 숲』의 이름의 유래를 깨닫게 됐다.

다만 동물들의 소리는 거의 들리지 않았다. 이 시기에는 비교적 느긋하게 지내는지 덤불이 끝없이 흔들려서 간이 서늘해지진 않는 게 다행이었다.

그래도 언제 짐승이 습격할지 몰라 움찔거리며 숲속을 걷느라 체력을 좀먹었는지 얼마 가지 못한 거리에서 숨이 차기 시작했다.

제품을 보아 평범한 실력자가 아니라는 건 알고 있었으나 이런 곳에서 '생활'했다니. 대체 얼마나 강했던 걸까 하는 생각이 들었다.

하지만 지금까지 찾아갔던 그 어떤 사람도 에이조 씨가 험상궂게 생긴 거구라는 말을 한 적은 한 번도 없었다.

오히려 몸의 선이 가는 사람이었다고 들었다. 그래도 눈매가 험하다는 건 인정하는지 이 역시 모든 사람이 그의 특징으로 언급했다.

그런 '평범한 대장장이'가 이른 환경에서 자연과 함께 살았다는 이야기는 솔직히 믿기 힘들었다.

그러나 어떤 이야기를 들어도 진실이었다. 이런 이미지의 차이에 의해 『에이조 씨』라는 인물의 이미지를 잘 그리기 힘들었다.

이번에는 그의 『시작 지점』을 찾아가서 차이를 메울 수 있으면 좋을 텐데.

움찔거리며 표식을 찾아 어두운 숲속을 나아간 끝에 탁 트인 장소를 발견했다. 간신히 해가 떠 있는 동안 도착한 나는 안도해서 가슴을 쓸어내렸다.

숲속에 있기에는 너무나 훌륭한 건물이 모습을 드러냈다. 제일 큰 게 집, 그 옆에 딸린 건물이 대장간인가 보다.

"지금은 아무도 살지 않아요."

리디 씨가 그렇게 말했다. 꽤 옛날에 들렀을 때 아무도 살지 않는 걸 확인했다고 한다. 시궁쥐조차 없는 건 아니지만, 이라고도 말했다.

"실례합니다."

살짝 집 쪽의 문을 열었다. 딸랑딸랑 방울 소리가 울려서 무의식적으로 몸을 움츠렸다.

그 소리에 누군가가(혹은 무언가가) 튀어나오진 않았다. 실내는 정적에 감싸였다.

리디 씨의 이야기에 따르면 상당히 긴 시간 아무도 살지 않았을 테니 손질도 하지 않았을 텐데, 벽과 기둥은 물론이고 지붕도, 놔둔 채 떠난 테이블과 의자도 상처 하나 없었다.

그뿐 아니라 바닥에 먼지가 쌓이지도 않았다. 마치 누군가가 정기적으로 깨끗하게 청소하는 것 같았다.

"그곳은 『요정들』이 지키고 있으니까요."

리케 씨가 그렇게 말했었다. 비유인 줄 알았는데 이 모습을 보니 그게 진실이 아니었을까.

방이 늘어선 쪽으로는 가지 않았다. 궁금한 게 많았으나 저기에 발을 들이는 건 좀 아닌 것 같다는 생각이 들었기 때문이다.

만약 폐가처럼 낡았다면 들어가 볼 수 있었을지도 모른다. 하지만 여기 살았던 모든 사람이 당장에라도 문 너머에서 나올 것처럼 깨끗해서 들어가기 망설여졌다. 왠지 양심에 찔리는 그런 기분이 들었다.

나는 조사를 하고 싶을 뿐 도둑이 아니다. 입구에서 이어진 부뚜막 주변에는 조리기구와 식기가 하나도 없었다. 그런 물자는 어딘가로 가지고 갔나 보다.

이래선 방을 봐도 기대할 수 없을 거다. 안 들어가길 잘했다고 자신을 타일렀다.

한쪽 구석에는 조금 전 봤던 대장간으로 이어진 문이 있었다. 난 그 문을 열었다. 여름인데도 불구하고 살짝 서늘한 공기가 흘러나왔다.

안에는 대장간다운 도구가 몇 개 남아있었다. 망치와 집게 등 비교적 작은 도구는 없었으나 용광로와 화로, 모루는 그대로 남아있었다.

“여기서부터 시작한 건가.”

나는 대장간 안을 둘러봤다. 당연히 전부 불을 켜지 않았고 그저 고요했다.

지금까지 다양한 사람들에게 들은 이야기를 통해 눈앞에서 작업을 하는 에이조 씨 가족의 모습이 생생하게 보이는 느낌이 들었다.

천천히 하나하나를 확인했다. 크고 작은 다양한 상처가 확실하게 그가 썼던 도구라는 사실을 말했다.

문득 눈을 들자 저물던 태양의 오렌지색 빛이 대장간 안을 가득 채웠다.

그때 높은 곳에서 반짝 무언가가 빛났다.

“뭐지?”

나는 그 아래로 가 고개를 들었다. 대들보 밑에 숨겨두듯 설치한 그것은 방패 안에 나무를 새긴 엠블럼이었다.

이 시간대가 아니면 들어온 빛이 닿지 않는 위치에 있으니 의도적으로 여기에 뒀을 거다. 예를 들면 시간을 알기 위한 목적일지도 모른다.

엠블럼을 자세히 보려고 눈을 부릅뜨자 그 아래에 명패 같은 것도 있었다. 그리 크지 않은 나뭇조각에 새겨서 눈에 띄지 않았다.

그곳에는 이렇게 적혀있었다.

"『검은 수호자』…."

지금까지 이야기를 들었던 사람들에게선(여기에 살았던 사람에게서도) 『검은 수호자』에 대한 이야기는 듣지 못했다. 나중에 돌아가면 누군가에게 확인해봐야겠어.

그렇게 생각하며 황급히 가지고 온 짐에서 필기구를 꺼내 엠블럼의 모양을 본뜨기 시작했다.

"흠."

그때 갑자기 여성의 목소리가 들렸다. 나는 놀라서 소리가 난 쪽을 돌아봤다.

그곳에는 헐렁한 옷을 입고 부드러운 웨이브를 그리는 녹색 머리카락의, 피부가 새하얀 여성이 서 있었다.

집중하긴 했어도 대장간 문이 열리는 소리는 전혀 들리지 않았다. 아니, 종도 울리지 않았으니 집 쪽의 문을 열고 들어온 것도 아닐 거다.

그렇다면 어디서 온 거지? 혼란스러워하는 나를 보고 녹색 눈동자의 여성이 부드럽게 말을 걸었다.

"이 땅에 해를 끼칠 만한 자가 있는 줄 알았는데."

그 말에 나는 무심코 고개를 저었다.

"아니었군. 뭘 하러 왔지?"

나는 에이조 씨를 좇아 여기저기에서 이야기를 듣고 자료를 조사하고 있다고 더듬거리며 설명했다.

"그렇군. 뭐, 어느 정도는 이야기해줘도 괜찮다고 그자가 말했으니 문제없겠지."

류이사라고 이름을 밝힌 여성은 천천히, 그리운 듯 '그때'의 이야기를 시작했다.

이어지는 이야기
악마가 사는 왕궁

『왕궁에는 악마가 살고 있다.』

언제부터 그런 이야기가 나오기 시작했을까.

이전까지는 경비가 미비하다고 지적받는 일이 거의 없었는데도 지적을 받게 되고, 어째선지 기각당했던 것이 시원스레 통과하게 됐다.

반드시 이유가 붙긴 했으나 아무 소리도 못 할 만한 정론이었다. 그래서 규칙을 조종하는 악마가 왕궁에 살고 있고, 그 악마에게 걸리면 다양한 일이 규칙이라는 그물로 묶여버리게 된다고 입을 모아 떠들었다.

에이무르 백작이 마물 토벌에 성공한 후 얼마 후. 몇 가지 명확하지 않은 점을 눈여겨본 사람이 있었다.

당연히 그들은 자세하게 조사하려고 했으나 얼마 지나지 않아 바로 포기했다. 군사상 기밀 유지 관계로 종군하고 군사행동을 한 자가 누구인지 은닉이 인정되기 때문이다.

보통 종군한 경우에는 그 실적이 명성에 관계되기에 은닉하길 바라지 않는다. 어지간한 사건이 있었다면 공개를 꺼릴지도 모르겠으나 기본적으로는 공개해도 곤란할 만한 성질이 아니었다.

그래서 누구도 『공개를 원하지 않으면 은닉할 수 있다』라는 규칙이 있다는 사실을 제대로 기억하지 못했다.

그런 규칙이긴 해도 규칙은 규칙이다. 오래된 규칙이든 사람들이 기억하지 못하든 왕명에 의해 정한 규칙은 세월이 지나 취소하지 않는 이상은 유효하다. 숨기는 자체는 전혀 문제가 없다는 뜻이다.

거기에 역으로 『누구를, 혹은 무엇을 숨기고 있는가』라는 점을 탐색하려는 사람도 있었으나 정보를 은닉한 장소가 교묘하게 흩어져있어 『이 열몇 명 중 누군가』처럼 애매한 것밖에 알 수 없었다. 조사해봤자 명확한 답을 얻지 못하니 이윽고 명확하지 않은 점은 그렇게 잊혀갔다.

"으음, 이건 그 남작님이 보낸 거군요."

왕궁 구석에 있는 방. 그곳에 몸집이 작은 여성이 산더미처럼 쌓인 다양한 소재의 다양한 서류에 파묻혔다. 여성은 혼자 중얼거리며 척척 서류를 정리했다.

그녀가 이곳에 온 지 벌써 몇 개월이 지났다. 에이무르 백작의 마물 토벌에서 시간이 흘러 전쟁 비용 정산도 끝났을 무렵이었다. 그때 든 비용이 다른 토벌 비용과 비교하여 너무나 적어서 일단 서류를 조사해달라는 지시가 내려왔다.

여성의 이름은 프레데리카 숄터. 훗날『규칙의 악마』라는 별명으로 유명해지는 사람이다.

“뭐, 확실히 쓸데없는 비용이 들어간 것 같긴 하네요.”

프레데리카는 불빛에 비추듯 서류를 들어 올렸다. 단정한 글자였으나 내용은 조금 난잡했다. 아마 구두로 한 보고를 적어 뒀나 보다.

말하자면 영내의 노상강도를 토벌하는 데 이만한 인원수를 투입했고, 그만큼 들어간 여분의 비용이 이만큼이라는 내용이다.

보통 영내의 치안 유지는 당연히 영주가 책임진다. 그건 즉, 비용은 기본적으로 영주가 내야만 한다. 어디까지나 기본적, 이기에 예외가 있다.

물론 프레데리카는 그 예외 조항을 알고 있었다. 도로 부근의 치안 유지는 왕국과 절반씩 부담한다. 이건 도로 일부의 치안이 극단적으로 악화한 경우. 이런 때에는 왕국을 우회해서 지나는 사람이 늘어나기에 사람의 유입이 줄어들지 않도록 왕국 차원에서도 비용을 부담한 게 발단이었다.

지금 보는 서류는 그 청구서다. 아무래도 조금 많은 게 아닌가, 하는 지적이 있어서 확인하던 중이다. 확실히 보고한 규모의 토벌이었다면 투입한 인원수가 많다. 과거 자료와 대조해 봐도 부자연스럽다고 할 순 없을 정도지만 많은 것도 확실하다.

그 이유도 적혀있었다. 경비대가 경험을 쌓을 수 있도록 원래는 보내지 않는 신참도 같이 보냈다는 것. 왕국으로서는『그

건 영주가 마음대로 한 행동이니 그 몫은 낼 수 없다.』라고 말하고 싶은 것도 이해했다.

"어라? 하지만 분명…."

프레데리카는 서류 옆에 있는, 여전히 산더미처럼 쌓인 자료를 뒤졌다. 그중에서 낡은 양피지를 꺼내 펼쳤다.

"흠흠."

군데군데 벌레가 먹은 부분도 있고 글자도 옅어진 그 양피지는 파병 인원수 상한에 대한 규칙이다. 원래는 600년 전의 대전쟁 시에 병사를 무한히 보내면 언젠가 병사도 백성도 사라질 거라는 점을 걱정해서 만든 규칙이다. 즉, 원래는 너무 많이 보내는 걸 억제하기 위한 규칙이다.

그러나 프레데리카는 반대로 생각했다. 『상한은 여기까지』라고 정해져 있다는 건 반대로 『그 상한 아래로는 보내도 괜찮다』라고 해석할 수 있다.

"아아, 역시 그랬군요."

프레데리카는 발견한 내용을 다른 종이에 옮겨썼다. 규모로는 아무래도 남작이 데리고 간 인원수가 상한선에 맞아떨어졌다. 남작이 그 규칙을 알고 주장할 리는 없다. 어쨌든 600년 전에 정한 규칙이다.

그래도.

"규칙은 규칙이니까요."

프레데리카는 혼잣말하며 청구서에 옮겨적은 규칙을 첨부했다. 상한은 여기이니 거기까지는 정당한 청구라고.

"이런 식으로 경비병들의 수준을 끌어올리면 도로를 오가기 편해지고, 결국 왕국에도 이익이 되겠죠."

그러나 그것만이 아니다. 저 남작의 영지에선 가끔 희귀한 광물이 발굴된다. 여기서 은혜를 베풀면 나중에 광석을 양보받을 때 조금이라도 유리해질 거다.

그런 패를 가지고 있으면 무슨 일이 생겼을 때『그 사람』에게 부탁해도 쉽게 은혜를 갚을 수 있다.

프레데리카는 남들 몰래 작게 미소 지었다.

"자, 다음은 이건가요. 음, 이건 안 되겠네요."

또다시 혼자 중얼거리며, 이번에는 언뜻 보면 정당한 청구를 기각하기 위해 낡은 자료를 끌어모았다.

프레데리카 슐터, 왕궁에 사는 작은 악마가 그 손을 뻗치기 시작했다.

작가 후기

안녕하세요. 이제 슬슬 처음 뵙는 분은 계시지 않겠지만 계신다면 처음 뵙겠습니다. 처음이 아닌 분은 오랜만에 뵙습니다. 겸업 라이트노벨 작가 타마마루입니다.

이렇게 인사를 하는 것도 여덟 번째네요. 벌써 8권까지 왔습니다. 전부 여러분 덕분입니다. 우선 감사 인사를 드립니다.

자, 이번에는 드디어 에이조가 세계의 근간 일부와 접촉했습니다. 세계 측의 의도도 조금 나왔죠.

그렇다고 해도 류이사 역시 에이조에게 그리 많은 것을 가르쳐주지 않았네요. 앞으로 에이조가 세계에서 어떤 대우를 받을지는 아직 미지수입니다.

그리고 에이조 가족에게 대규모 전투가 있었죠. 이건 에이조 공방 사람들이 진심으로 싸우면 어떻게 되는지 한번 써보고 싶었습니다. Web 버전에선 의외로 쉽게 정리했었는데요. 거의 완봉승이었죠.

뭐, 류이사가 말할 필요도 없이 그 숲에선… 이라고 할까, 본

문을 읽은 분들은 아시다시피 그 지역에서 최강이라고 불러도 지장이 없는 전력이라 당연한가 싶기도 하지만, 아무리 드래곤도 쓰러트릴 정도로 강하다 해도 너무 쉽게 상대를 쓰러트리면 재미없다고 담당자님이 말씀하셔서 이번에는 살짝 고전하는 걸로 고쳐봤습니다.

아마 에이조 가족이 고전하는 상대가 있다면 수로 밀어붙이는 경우겠지만, 숲속에선 나무가 많은 지형을 이용해 머릿수로 우위를 점하지 못하도록 움직일 거라 생각해서 다른 방법을 고민해봤습니다.

전기 작가도 드디어 진상에 다가가고 있네요. 류이사가 쉽게 전부 가르쳐주면 해결되겠지만 그러진 않을 테니, 후세 사람으로서 그가 무엇을 보고 어떻게 판단할지 앞으로도 기대해주세요.

7권에선 본문의 양이 많아서 언급하지 않았던 제 근황에 관해 말씀드리자면, 제가 태어난 고향으로 다시 이사를 왔습니다. 정확히 말하자면 사는 곳은 고향 마을이 아니지만요. 이번 이사로 어머니와 여동생, 그리고 고양이들과 함께 살게 되어 조금 북적이는 나날을 보내고 있습니다.

이런 점이 작품에도 반영되면 좋겠습니다만, 과연 어떨까요.

이어서 감사 인사를 전합니다. 이번에도 담당해주신 편집자 I 씨, 매번 정확하게 지적해주셔서 감사합니다.

이번에도 멋진 일러스트를 그려주신 킨타 선생님, 매번 '대단해.'라고 생각하며 러프와 완성 일러스트를 보고 있습니다. 감사합니다.

히모리 요시노 선생님께서 담당해주신 코미컬라이즈도, 원작자임에도 '나도 저렇게 전개했으면 좋았을 텐데!'라고 생각하며 보고 있습니다. 귀여운 사마와 리케, 디아나, 헬렌 덕분에 매회 눈이 호강합니다. 코미컬라이즈도 굉장한 호평을 받고 있으니, 아직 보지 못한 분들은 꼭 보세요.

오디오북과 해외 진출에 관여해주신 여러분께도 감사드립니다.

그리고 어머니, 여동생, 고양이 챠마와 곤부, 어쩌면 이 책이 나올 무렵에는 가족이 됐을지도 모르는 고양이 시지미에게도 감사를.

친구들에게도 항상 큰 힘을 얻고 있습니다. 고마워.

마지막으로, 물론 이 책을 읽어주신 독자 여러분께 가장 큰 감사 인사를 올립니다.

그럼 또 다음 권에서 뵙겠습니다!

Shift Novel

대장간에서 시작하는 이세계 슬로 라이프 8권

2025년 11월 02일 초판 인쇄
2025년 11월 15일 초판 발행

저자 타마마루
일러스트 킨타
옮긴이 반기모

발행인 김석환
편집인 박효선
편집팀장 이주은
책임편집 신재명
국제업무 이주은, 이현아
영업마케팅 배준석, 최정수
표지디자인 이은영

펴낸 곳 (주)YNK MEDIA
주소 서울특별시 영등포구 은행로 11 일신빌딩 8층 YNK MEDIA
전화번호 02-3215-9556
팩스 02-3775-4705
출판등록 제2016-000169호

KAJIYA DE HAJIMERU ISEKAI SLOW LIFE Vol.8

ISBN 979-11-7320-899-7 (04830)
ISBN 979-11-7059-692-9 (세트)